『ヤーンの翼』

イシュトヴァーンは、そちらをもう見返る手間さえもかけなかった。というよりも、彼はそちらに一切目をやろうとしなかった。（158ページ参照）

ハヤカワ文庫JA
〈JA671〉

グイン・サーガ㊵

ヤーンの翼

栗本　薫

早川書房

4806

THE FLYING OF THE FATE

by

Kaoru Kurimoto

2001

カバー／口絵／挿絵

末弥　純

目次

ヤーンの翼――日頃はヤーンは山羊の足、長いまがりくねった角をもち、長いあごひげをはやし、ひとつ目の、長い杖をつく老人として知られている。だが、時いたるとき、ヤーンはその背にたたまれていた巨大な純白の翼をひろげ、そのとき世界じゅうはその翼の舌に包まれるという。かってひとたびだけ、その翼がひらかれたとき、カナンの悲劇がおこった。そう伝えるサーガもある。

――王立学問所のヤーン研究の書、「ヤーンについて」アルディウス著の冒頭より。

〔中原周辺図〕

ナタール川
ヴァーラス湖沼地帯
ノスフェラス
ナタール大森林
ギーラ湖
ナタリ湖
ケス河
サイロン
ユラニア
トーラス
ケイロニア
ノルン海
アルセイス
ゴーラ
ロス
モンゴール
クム
リーラ川
カムイ湖
ワルド山脈
中原
タリア
タリア
ルーアン
イーラ湖
オロイ湖
クリスタル
アルムト
パロ
アルーンの森
カラヴィア
サルジナ
ダル湖
ダネイン大湿原
ハイランド高地
ドラス連山
ルート
ウィレン山脈
ラトナレン山脈
ウルム山脈
カムリ岬
アグラーヤ
サーリスベリ
ランガート
アルート高原
カウロス
獅子原
ライゴール
レンティア
草原地方
トルース
トラキア自治領
リャガ
ヤガ
イフリキア
マハール
トルフィヤ
ヴァラキア
アルゴス
沿海州
アルカンド
アルゴ河
レント海

〔中原拡大図〕

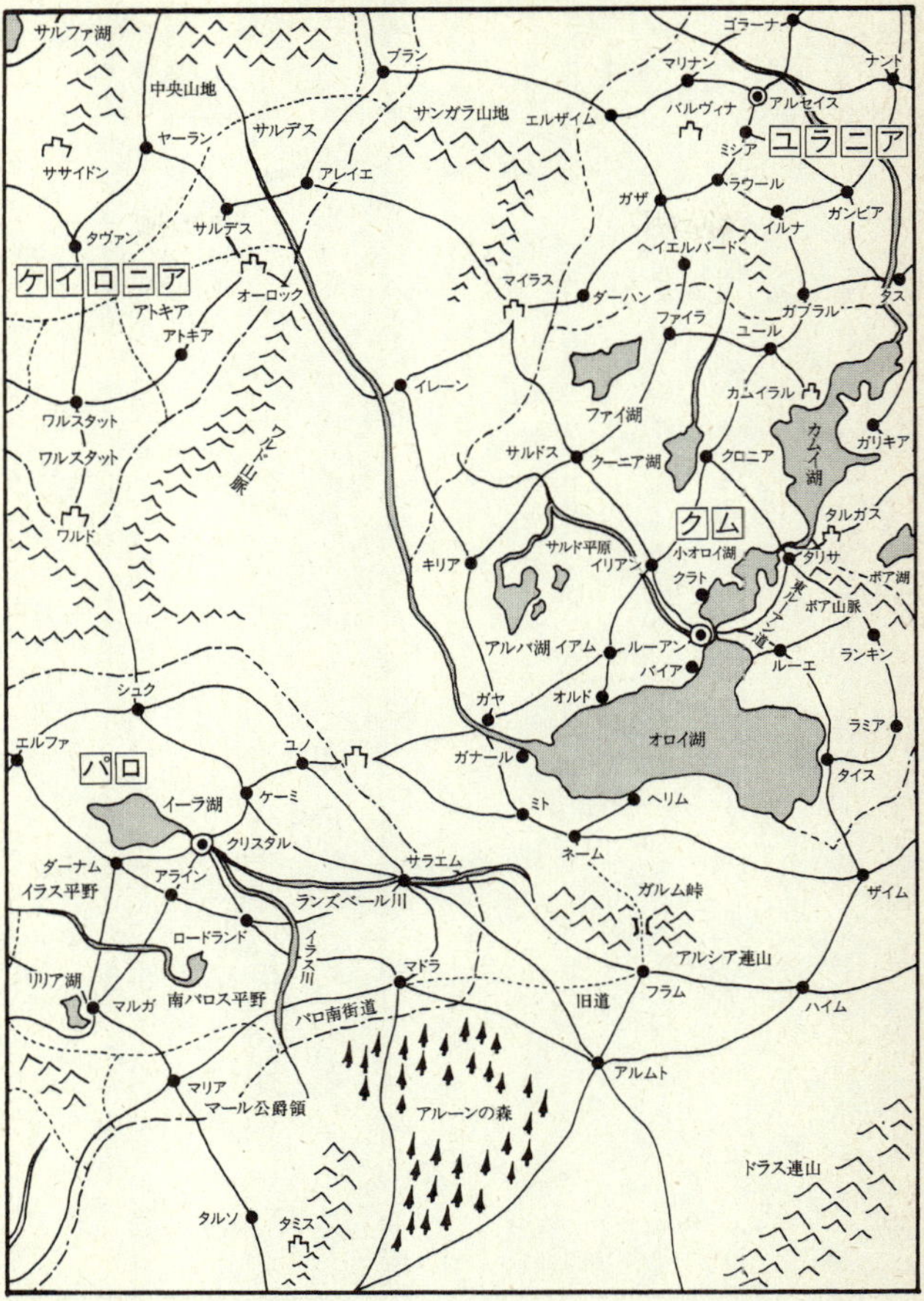

サルファ湖
中央山地
ササイドン
ヤーラン
サルデス
ブラン
サンガラ山地
アレイエ
サルデス
タヴァン
ケイロニア
オーロック
アトキア
アトキア
マイラス
ワルスタット
ワルスタット
ワルド
イレーン
エルザイム
ゴラーナ
マリナン
ナント
バルヴィナ
アルセイス
ミシア
ユラニア
ラウール
ガザ
イルナ
ガンビア
ヘイエルバード
ダーハン
タス
ファイラ
ガブラル
ユール
カムイラル
ファイ湖
カムイ湖
ガリキア
サルドス
クーニア湖
クロニア
クム
タルガス
タリサ
サルド平原
小オロイ湖
イリアン
キリア
ボア湖
ボア山脈
クラト
アルバ湖
イアム
ルーアン
ランキン
ルーエ
バイア
オルド
ガヤ
シュク
オロイ湖
ラミア
エルファ
パロ
ユノ
ガナール
タイス
ケーミ
イーラ湖
ミト
ヘリム
クリスタル
ネーム
ダーナム
サラエム
イラス平野
アライン
ランズベール川
ガルム峠
ザイム
ロードランド
イラス川
アルシア連山
リリア湖
マドラ
フラム
マルガ
南パロス平野
旧道
ハイム
パロ南街道
アルムト
マリア
マール公爵領
アルーンの森
ドラス連山
タルソ
タミス

ヤーンの翼

登場人物

グイン……………………ケイロニア王
ゼノン……………………ケイロニアの千犬将軍
ディモス…………………ケイロニアのワルスタット選帝侯
アクテ……………………ワルスタット侯夫人
ドース……………………ワルド城主
アルド・ナリス…………クリスタル大公
ヴァレリウス……………上級魔道師
ヨナ………………………王立学問所の教授
ギール……………………魔道師
イシュトヴァーン………ゴーラ王
マルコ……………………ゴーラの親衛隊隊長
タルー……………………クムの公子
マリウス…………………吟遊詩人。パロの王子アル・ディーン
イェライシャ……………ケイロニアの白魔道師。〈ドールに追われる男〉
ユリウス…………………淫魔

第一話　戦火の中原

1

いまや、戦いの時代の開幕を告げるルアーの角笛が、中原じゅうにりょうりょうと響き渡っている。

少しでも心あるもの、世の中の動きを見ることのできるものの目と耳には、荒々しい運命の激動のはじまりを告げるヤーンの翼の羽ばたきがまざまざと見え、ルアーの角笛の不吉な、だが雄壮なひびきが激しく響き渡っているのだ。

世界は、大きく変わろうとしている。これまでも、むろんいくつもの大きな、あるいはひそやかな転機が、かれらの世界を大きくゆるがし、そしていくたの王朝がおこり、栄え、おとろえ、そして滅び、あるいは滅ぼされていった。だが、このしばらく——世界は、静かであった、といってはいいすぎであったにせよ、それほど巨大な流れ、世界全体をまきこむような大きな動きはおきていなかったのだ。パロへのモンゴールの侵略も、それにつづく連合諸国の反撃によるモンゴールの降伏も——ユラニアの政変も、新興ゴーラの抬頭も、それなりに大事件ではあったが、しかし、モンゴールのパロ侵略にさいしてはユラニアやケイロニアは所詮他国のもめごとと見過ごし、ユラニアの悲劇も沿海州諸国ほかの遠い国々の兵を動かすにはいたらなかった。人々は、つねに世界のどこかで戦乱が起こっているのには馴れ、それを常態であると思っていたが、しかしそれがおのれの国に、おのれの町に及ばぬかぎりにおいて、それなりに平和を楽しみ、安心して繁栄を謳歌し——もしも、おのれの町に嵐が近づけば、そのときに逃亡するなり、あるいは身をすくめてやりすごすなりすればよいものと、たかをくくってこのしばらくの乱世の前触れともいうべきまだややのどかな時代を楽しんでいたのだ。

だが、いま——

ついに、ルアーの角笛は吹き鳴らされた。

もはや、どの国も、どの自由都市も、その角笛のひびきをきかずにはおられぬ。いまだ、まきこまれずにいるものであろうとも、いずれは確実にその角笛はそれをかりたて、いずれかの戦場へおもむかせるであろうと思わせる。大ケイロニアが立ったのだ。これまで、頑として外国の内政不干渉を主義とし、援軍や介入をいっさい拒んできた大ケイロニア、軍事大国ケイロニアが。それはまた、このたびの戦乱がいかに巨大なものになりうるかをはっきりとすべての国々に示すものである。ルアーが角笛を吹き、人々はそれにいざなわれてはるか彼方へまで連れ去られるであろう、という、その不吉な、だがある種心をたかぶらせる予感。

それはまさに、あらたな、乱世の時代の到来であった。

だが——

ここ——ひっそりとしずまりかえった、深い山のなかは、その中原全体をゆるがす戦いのひびきも知らぬげに、何ひとつかわったことも大変なことも、血なまぐさい事件など有史以来おこったことさえもない、とでもいうかのようにしんと人影ひとつ見えぬ。しずかな午後であった。木もれ陽が、深い木立のあいだをぬけて、きらきらと差し込んでくるのだけが、この山ふかいケイロニア中部の深い森の中にあかるい輝きを零《こぼ》している。

きわめてひっそりとした、むろん人家など見渡す限りかげもかたちもない、それこそ一日じゅう歩いていたとしても人っ子ひとりにも会うことなどなさそうな深い深い山奥の道だ。だが、そのような道にさえも、苦心して交通網を開いた古人の努力を示すかのように、赤い街道は続いている。

もっとも、続いている、とは名ばかりの、ほそぼそとあちこちレンガもくずれかけた、いわゆる旧街道の部類に属する道だ。それにおそらく、それは、枝道といおうか、とっくに忘れられ、何年も、いや、何十年、ひょっとしたら何百年も前からほとんど人の使わなくなってしまった脇街道のなれのはてなのだろう。

くずれたレンガはそれでもまだ、ゆくものの前とうしろにずっと細いにぶ赤の色彩をのばしていたが、そのレンガのあいだからほうほうとのびた草が、レンガの破壊をいっそうおしすすめているので、もはやそれはたいらな街道とはいえたものではない。それでも、徒歩の旅行者には、切り開かれていない山道よりはまだ多少は歩きやすいだろうが、馬車だったら、百タッドとゆかぬあいだに、おりて前のほうの石ころをかたづけたり、無遠慮に道のまんなかに伸び出している野性のヴァシャのしげみをかりとったりして道をあけなくては、通れないところだろう。

「ここは……どこなんだろう……」

溜息のようなひとりごとをもらして、空をふりあおいだ孤独な旅人は、思わず足をとめ、ちょうどそこにころがっていたかなり大きめの岩の上に力つきたようにすわりこんだ。もうすっかり、疲れはてて、へこたれていたのだ。

(ここはいったいどこだろう。――どこいらへんの山のなかだろう。たぶんもう、ササイドン城のあたりはすぎたはずだ。とすればもうちょっとゆけばサルデス侯領に入るのだろうか……それとも、まだ、思ったよりもずっと道がはかどらなくて、もしかしたらまだぼくは、ケイロン古城の周辺をうろついているのだろうか)

それは――

マリウスであった。

兄・ナリスの死去の報をきいて、我を失い、おしとどめるケイロニア宮廷の人々をふりきり――いとしい妻と子供をさえおきざりにして、単身黒曜宮を飛び出してきた、吟遊詩人のマリウスである。もともと、ケイロニア宮廷であてがわれた伯爵のための豪華な衣装など、マリウスの趣味にはあわない。数少ない、どうしても出なくてはいけなかった公式の儀礼の席以外では、袖を通すこともなかったし、かれはとにかくケイロニア宮廷からまったく恩義を受けたくなかったので、いまのかれが身にまとっているのも、粗末――とまではあえていわぬにせよ、ずっと前から、旅のあいだにかれがまとっていた、ごく普通の、吟遊詩人が旅のときにもちいる、旅の夜の寒さしのぎにもってこいの革の胴着に分厚い上着、頑丈な靴に吟遊詩人の証拠である三角の帽子――どれもごくごく地味で目立たない、しゃれてもいない普通のものにすぎない。宮廷のなかでは、それこそ望めばどのような華麗な服装でも、贅沢豪奢をきわめたクムの絹、パロのレースを身にまとうことも可能であっただろうが。

だが、背中にキタラを背負い、短い旅行用の革マントと革袋ひとつをかけた彼は、このしばらく誰も見たこともないほど生き生きとした、ようやく本来のおのれをとりもどしたというような顔つきをして、サイロンをかけぬけ、一気にサイロン周辺をあとにして南へ、南へ、と——とりあえず、死せる兄のもとへかけつけようとまっしぐらにサイロン街道を下っていったのだが——

その無鉄砲な単身の旅に飛び出してからもう何日が経過しているのか。もうそれもわからなくなるくらいに、ひたすら南へ、南へ、と夢中で歩きつづけた日が続いて、いつのまにかマリウスは日を数えることも忘れている。とまりをかさねればそれをきっかけに、きょうが何日であったのかを教えてくれるものもあろう。だが、追手を案ずるマリウスは、極力サイロンを出るまでは宿屋などに泊まるのを避け、サイロンを出てからも、なるべくさびれた宿を探し、そうでなければ野宿のほうを選んだ。そうして食べ物だけを人里で手にいれては、あとは彼としては珍しく、どこの町でも歌を歌って金を手にいれることもせずに歩き続ける旅のなかで、彼は日にちの感覚を失っている。案外に、それほど長くもない、二、三日しかたっていないのかもしれないし、いっぽうではもう十日も、いや半年も一年もこうして歩き、孤独な旅を続けているような気もまたしてくるのである。

サイロンを出るまでこそ緊張もしたが、どうやら追手がかかるようすもないと見極めると急にどっと力がぬけた。そのあとは、やや気楽ないつもの旅になった。たとえ心のなかには、つねに、（もう、あの人はいないのだ。死んでしまったのだ——本当にこんどこそ死んでしまった。ぼくは、もうどこにもいないあのひとの墓にもうでるために、自分自身に、あのひとは死んでしまったのだと言い聞かせるためにこの旅をしているのだ……）という悲痛の思いがあったとしても、それでも、マリウスにとっては、旅は、旅であるというだけで、どこか心はずむ、嬉しいものであることは隠しようもない。

また、たぶんもしかしたら、心のすべての部分では、マリウスは、（あの人）が本当に死んでしまったとは、一度も思ったことがないのであるのかもしれなかった。

はるかな少年の日に、自らそむいて、もうそのひととともに、そのひとの同じ屋根の下にあることにも耐えられぬ、とさえ思ってそのひとのもとを飛び出してきたとはいえ——そしてそのあとの長い年月を、そのひとにつながる本当の名をすて、自ら選んだ名を名乗って気ままな風来坊として生きてきたとはいいながら、それでも、本当には、ただひとりの血をわけた兄であり、かつてあれほどに崇拝していた——この世でただひとりの神のようにさえ思っていたひとのことをそんなにもたやすく心のなかから捨て去ったり、忘れ去ることのできるものではない。そもそももとが、そういう意味では非常に情愛深いたちでもあれば、いや、情愛が深すぎて判断をあやまるところさえあるマリウスである。

むしろ、本当は、いつも心の奥深いところには、その美しい全能の——とマリウスには確かに昔、思えていたのだ——兄のすがたがあったし、いつか、いつの日かは自分は兄のもとにかえってゆくのではないか、というような、遠い、しかし確実な予感があったのもそではなかった。

（そう……ぼくは……信じない。信じてやしない。信じたくない……あのひとが、ほかの人間ならばいざ知らず、あのひとが、本当にこの世にもういなくなったなんて信じるものか……）

（あのひとは、そんなにかんたんにこの世を去ってしまうひとじゃない。……あのひとがもしも本当に……そんなことが万一ありでもしたら、もうこの世はまるきりはもとのままのこの世ではありえない。何も、この世が、この世の数少ないまことの太陽が、星が、欠けてしまった、というあかしをぼくにつたえてこないで、あのひとが——そんなことはありえない。もし本当にあのひとに万一のことがありでもしたらぼくは……きっと、もっと、何かその波動を感じているはずなんだ……）

そう、黒曜宮では口にすることもはばかられ、またそういう思いを打ち明ける相手も結局おらぬままに、何も結局告げることなくそのまま黙って妻と幼い娘を置き去りに飛び出してきてしまった。

だが、本当は、マリウスは、黒曜宮のひとびとが、ことにハゾスあたりが考えているほどには、ひたすらおろかしい激情にかられ、無我夢中で前後を忘れて飛び出してきたわけではない——とは、自分自身でひそかにおのれを弁護している。

（ナリスが、死ぬわけがないんだ。あのひとが、こんなに簡単に——そんな、ちょっと追いつめられたくらいで、自分で毒をあおって死んでしまったりするわけはないんだ……)

その、思い。

それは、この世にただふたりの血をわけたきょうだいなればこその確信、としてマリウスのうちにある。

(ナリスが死んだというからには——何かある。きっと本当にはナリスは死んでいない。何かわけがあるんだ。何か……)

それは、かなり強い確信であった。ナリスは、死んではいない、生きているはずだ、そしてまたそのうちに絶対に中原にあらわれてくるはずだ、というのが。

それをこそあるいはひとは、おろかしい妄執というかもしれぬ。だが、マリウスにはそうは思えない。

(もしもあのひとが本当に死んでしまって、二度ともうぼくは会うこともその声をきくこともかなわないというありさまになるんだとしたら……そのときには、必ず……ぼくは何かを感じているはずだ。どうしてかわからない、だけれどもぼくはそう感じる。……ぼくのなかの、どう否定してもしきれない血のきずなが告げている。ぼくがこうして、胸も張り裂けず、心も狂わずにいるからには……ナリスは、まだ……いまどういう状況にあろうと、とりあえず、まだ、死んではいないのだと……たとえ誰がどう、ぼくを狂人と罵ろうと、おろかだと嘲笑おうと、迷信深いとさげすもうと……ぼくは感じる。ナリスの死、というようなことがあったら……ぼくのからだの一部が、心のどこかが致命的に壊れ、いたみ、張り裂けるはずだ、ということを……そう、ぼくはナリスとのきずなを信じている……）

（ナリスは――生きている。そして、もしも生きているのだとしたら……いまこそ、きっと、ナリスはぼくを必要としている。ぼくの助力を……）

そもそもナリスが半身不随になり、ほとんど寝たきりの生涯をおくることになった、ときかされたときにも、激しく、そのもとにいますぐかけつけたい思いに心がうずいた。最初にその知らせをきいたのがどこの旅の空であったかはもうかれには判然としない。もしかするとキタイであのおぞましい黒魔道師と淫魔とにとらわれていたあいだのことであったかもしれないが、いずれにもせよそのときにも心は激しくさわぎ、どうにもならなかった。だが、そのときには、どうしても、そのままかけつけるというわけにゆかぬ状況にあったはずだ。

（だけど、いまは……）

もう、いちずにナリスのもとから逃げ去りたいと思った、若い――というよりおさない日の自分ではなかった。

あのあまりにも若くいちずな十六歳のときには、どうしてあんなにも、あの美しい圧倒的な兄の強烈な影響下から脱したいと思ったのか。

兄にしたくないことを強いられ、したい音楽の勉強を禁じられた、そのせいだけでは確かになかった。

（ぼくは……ぼくは、あまりにも子供だったのだ。あのひとを——あの複雑すぎる情念を受け止めるためには、理解するためにさえ——ぼくはあまりにもあのとき、幼くて……何も知らずにいた……）

いまならば——

い、い、い、い、いまのぼくならば。

その思いが、マリウスのどこかになかったとは云えぬ。

（いまならば、ぼくも成長した——兄を裏切り、諸国を遍歴し——さまざまなものに出会い、めぐりあい、そして……大きく成長した。もうぼくは子供じゃない。そして、あのひともまた、もうかつての咲き誇る大輪の花のようなあのひとではなくて……）

美しく、剣をとればレイピアの名手の名をほしいままにし、キタラをとればあざやかにひきこなし、歌えばその素晴らしい声をめでられ、踊っても、華やかな社交の場でも、パロの名花とたたえられたそのあまりにも才能ある兄のかげで、やはりおのれが妾腹の、しかもいやしい出の母をもつ不遇な弟として、ずっとどんなに鬱屈し、幼心に辛い思いをしてきたか、それは同じ目にあったことのないものには、誰にもわからない、とマリウスはいまになって、そのころの幼いいたいけな自分をそっといたわってやりたいような気持がしている。ああ、やはり、お前はお前なりに辛かったのだね——あでやかな花のかげにかくれて日もあたらぬ雑草でいること、それはお前にさえ、その花にあこがれるお前にさえやはり辛かったのだろうね、と。あのとき誰もいってくれなかったいたわりとねぎらいを、そっとそのかつてのおのれにかけてやりたい、という気持がしているのだ。

ほかのものであれば、マリウスとてもそれなりになかなかに容姿も端麗なら、王子としての身分も、庶子とはいえ持っている。ひとに好かれる明るい気質がおのれのうちにもあることも、旅のあいだに発見したし、歌の資質ではあるいは兄をさえぬきんでたかもしれない——そのことは、マリウスにはなかなか恐ろしくて、口にも意識にものぼせることはできなかったが。その後の長い、キタラひとつを友達にしての遍歴のなかで、ある確実な不敵な自信のようなものはたしかに生まれている。あいてがあの華麗なるクリスタル公、パロの名花でさえなければ、同じような境遇にあったとしても、マリウスがそこまで屈折することもなかっただろう。相手がわるすぎたのだ——おのれのせいではない。それは不運の一種だったのだ——いまのマリウスは、そのように、朗らかに思うことも出来るようになっていたのだ。

だが、そのパロの、クリスタルの誇る名花は、むざんにも手折られた。もう、かろやかに踊り、剣をあやつる足も手も失い、それでもなお、兄は激しい執念をすてることなく、ついにパロ国王にそむいて立った。それをきいたときもまた、心のどこかで、それはもうおのれにはかかわりのないことだ、と言い聞かせつつ、ずきりと、激しくうずくものがあったのも確かだ。

（たとえなんといおうと――そう、ケイロニアの難しい顔のおじさんたちのいうとおりだ。たとえどのように忘れたつもりでいようとも、ぼくはアル・ディーン――パロの第三王子……）

いまになってまざまざとそのように思うことを、あまりにも不思議だ、とマリウスは思う。出奔以来、もうずっとその名で呼ばれることを捨てきって生きてきたし、もう二度とそうなることもない、と思ってもいた。パロとのきずななど、もう思い出すこともないと思っていた。

（だけど、やはり……このからだのなかには、たとえいやしい庶子とさげすまれても、やはりパロ聖王家の青い血が流れているのだ……その血がぼくを呼ぶ……）

戦いは嫌いだし、戦う兄を助けるべく、そのかたわらにはせつけようと思ったわけではない。だが、ベッドから起きあがれなくなって、なおも戦いつづける兄を、正視にたえない――とひそかに思ういっぽうで、その兄を見てみたい、見守っていたい、という、嗜虐とも同情とも共感とも魅惑ともつかぬ奇怪な心の動きがうずきはじめていたのも本当だ。

（ああ——それでは、ぼくはやはり……アルド・ナリスの弟なのだ……どれほどおそれても、いとうても、逃れようとしても……所詮、あのひとの弟なのだ……）

それにもうひとつ。

それは、もう少々、一般人には感心したり共感してはもらえぬ心の働きであったかもしれなかったが——

サイロンの街でイリスと名乗って復讐鬼と化していたオクタヴィアと出会い、彼女を愛したときには、ただ、オクタヴィアの不幸な育ちや、その、ある意味ナリスにも似た激しい妄執というべき激烈な復讐の情念にひかれた。彼女の豪奢で冷たい美しさが、パロの花とうたわれた兄を連想させたのも確かにあっただろう。

それから、さまざまな迂余曲折を経て、女性としての彼女を発見し、ひかれ、たくさんの遍歴と恋愛と遊びを経てきた彼であったが、はじめて、彼女となら、このさきの長い人生をともに生きてゆけるだろうと思った。その思いのなかには、まったく、オクタヴィアがケイロニアの皇女であるとか、ケイロニアの獅子心皇帝アキレウス・ケイロニウスの長女であるとか——つまりは、おのれがケイロニアの支配者の娘と《縁組み》をするのだ、などという気持は、これっぽっちもまぎれこんではいなかった。

むしろ、そんな事実にはまったく気づいていても意識してもいなかったので、いざケイロニアに連れ戻られる、という話がさだまったとき、非常なとまどいと、そのままその場からすがたを消してしまいたいほどの反発を感じたのだ。そのことも、だが、すでにマリニアを生んでいたタヴィアに口にするわけにはもうゆかなかった。

（でも、いまになって思う……もしも、選べるのならば……ぼくは、タヴィアにも……ケイロニアを捨ててほしいと頼みたかった……）

ケイロニアは、決して、むげに嫌いな国というわけでもない。

ただ、パロへの、血と葛藤と愛憎とがあまりにもぶつかりあう激烈な感情とは、それはあまりにもかけはなれていて、いうなれば、まったく関係ない国、としか思ったことがなかったのだ。

ケイロニアという国そのものは、旅していて楽しいとも思ったし、美しい国だとも思う。世界各国を経巡ってきた彼なればこそ、ケイロニアがどれほど、ほかの国家にくらべて安全であるか、ゆたかで、ひとびとが幸福で、そしてきちんと統制のとれた、いかにも大国らしい大国であるか、もよくわかる。

しかし、かれがもしもおのれでどこか、年老いて住む国を選べ、といわれたら、ケイロニアを選ぶことはまずありえないだろう、ということもわかっていた。

ケイロニアの人びとは、カルラアの民ではない。音楽は好きでも、音楽を理解しない。というよりも、さほど必要としていない。かれらが必要とする音楽は、祭りの日にあたりをにぎやかにしてくれる楽しい踊りの曲や、雄壮な軍歌、そして情念たっぷりの安っぽい流行の歌曲くらいのものだ。ケイロニアでは、カルラア神殿がひきもきらぬ芸術家の祭典ににぎわうことは決してない。いや、なくはないが、基本的にそれは骨太で、ぶこつな、武と森の国の音楽でしかない。

マリウスの愛する繊細な和絃や、また複雑で洗練された節回し、高度で艶やかななまめかしい歌詞が理解されることはケイロニアではないだろう。また、そもそも世界一の都といいながら、サイロンには、大きな劇場や、歌う場所とてもそれほどない。マリウスなら、サイロンではごくかんたんに歌ってカルラアの宝冠を手にすることができ、サイロンを歌で征服することもできただろうが、そのかわり、得られる勝利もまた、ごく皮相的なものでしかなかっただろう。ケイロニアでは、本当に崇拝されるのは、素晴らしい戦士や戦車競争の勝利者、みごとな技をもつ格闘士や名将、刀やよろいかぶとの名匠であって、芸術家はサイロンではあくまでも二流の文弱の存在としていなくてはならぬ。

それだけではなかった。マリウスにしてみれば、ケイロニア人の気質というのは、野暮ったくて、重たくて、どうにも粋さを欠いたものである。あちらからみればこちらは軟弱で我侭で無責任で淫蕩であることもわかっている。だが、こちらからみれば、そちらはあかぬけなくて、融通がきかなくて、頑固で、生きる楽しみを解さぬ朴念仁でしかない。

つまりは、ひばりと牛とが相容れぬように、猫《ミャオ》と犬《バウ》とが気があわぬように、かれらは種類が違う生物なのだった。それだけのことだ、とマリウスは思っている。たとえ憎んではいても、かれの体内に深く流れているのはパロの血であり、ヨウィスの民の血であり、そして、理解できるのはむしろクムやキタイの情緒のほうだ。それをどれほど責められたところで、そうである、そう生まれついてしまった、ということはどうしようもない。

（いまごろ、さぞかし……ハゾスおっさんたちは、ぼくの悪口をいっているんだろうけれど……）

おかしいくらいきれいさっぱり、ケイロン宮廷でぎこちなくすごしていた日々の記憶が、一歩サイロンを出たとたんにマリウスのなかから消え失せている。

（ぼくは、自由だ。——ああ、許してくれ、タヴィア。マリニア——だったらどうして、家族をもった、子供を作ったといわれて責められてもしかたないけど、でも、ぼくは自由だ、自由なんだ。……ぼくの心が自由を求めてさわぐことを、パロにむかってこがれ求めることを、だれもとめられやしない……）

本当は、妻をもったり、子供を持ったり、ましてやその親や、親戚一同だの、そんなもののあるようなところで、窮屈に生活できるなどと、一瞬でも思ったおのれが馬鹿だったのだ。ましてケイロニア皇女の婿になど、どうしてなれると思ったりしたのだろう。

（あのとき――トーラスで、ぼくはあえてかれらをグインにあずけて、ぼくだけパロにむかうべきだったんだ。あのときそうしていれば、いまになってよけいかれらを悲しませなくてもすんだだろう……）

だがもうそれもすんだことだし、マリウスはすんだことをくよくよと気にかける気もなかった。ただ、強い、かつてなく強い力が、パロのほうから――マルガのほうから、かれを呼んでいる、という確信だけがかれをとらえている。

（ナリスに会うんだ……たとえぼくのこの感じ方がまちがっていて、本当にもうナリスは死んでしまっているのであってもいい、それでもかまわない。こうしてすべてを捨ててかけつけて、そのぼくが見ることの出来るのはただ、冷たいナリスのお墓だけでしかなくてもいい。ナリスにあって、確かめて――そして、もしナリスがぼくを必要だというのなら、ぼくは……ナリスのそばにいよう。ぼくがそこにとどまっていられるあいだだけ……）

おそらくまた、いずれは、そこをもはなれてゆくことになるのだろう。いまでは彼も気づいていたが、いつまでも、ひとつのところにいられない、というのはこれはもう、病気のようなものだ。いや、病気以外のものではないのかもしれない。しかし、いまのかれにとっては、それもまたそうとしかありようのない、おのれの気質としてそれなりにいとおしい。よしんば、それを誰にどう非難されようともだ。

（いいじゃないか。みながみな、定住して、子を産み、子を育て、かたぎに農地をたがやして暮らしていなくたって。……たまには空をとんで無責任にさえずるひばりがいたっていい。マリニアは……タヴィアもマリニアも、結局ああして、おじいさまのところにいれば一番安全で幸せなんだ。ぼくがおぼつかないかせぎで養っていたって、あんないい暮らし、安全な暮らしはできやしないし、それに——）

ふいに、マリウスは、はっと身をかたくして、あたりを見回した。

あたりの空気がかわるような気がした。その奇妙な気配には、もうさんざん、いろいろな経験のなかでならされてきていたのだが——

「よう」

それでも、ふいに、目の前の空気がもやもやとこりかたまりはじめた瞬間に、マリウスは血のこおるような恐怖にとらえられながらも、一方で、またか、とむしろ笑い出したいような気持にとらわれずにいられなかった。人間というのは、どんなことにでも、馴れてしまうものなのかな、とかすかに思う。

「ひさしぶりだね」

もやもやとかたまってゆく空気が何を生み出すかはもうわかっていた。はたして、目のまえにあらわれたのは、上半身裸で、腰にだけ半透明のサッシュをまきつけ、長い黒髪をくねくねとからだにからみつかせた淫魔――ユリウスのすがただった。

「なんだよ」

マリウスは怒鳴った。恐怖は感じていたが、腰をぬかすほどでもなかった。

「なんだよとは御挨拶だな。あんだけ、可愛がってやったり、いたぶってやったりした仲じゃないか。……元気そうじゃないか、ひばりさん。ええ？」

「まだぼくに用があるとでも？」

マリウスはうんざりした顔をつくってみせた。怖そうな、怯えたようすは断じて見せたくなかったのだ。

ユリウスは、足のさきのほうがまだちゃんとかたまっていない、中途半端な格好のまま、マリウスにすり寄るようにして近寄ってきた。

「つれなくしっこなし。でないとここで犯しちゃうぞ」

ユリウスがニヤニヤ笑った。マリウスはくちびるをかんだ。

「もう、ぼくになんか、用はなくなったはずだろ。もう、ぼくのことは放っておいてくれ、頼むから。もう、ぼくなんか、キタイに連れていったって……」

「キタイになんか連れてゆきゃしないよ」

ユリウスはおおいに満足そうにいった。そして、なれなれしくマリウスの頬にさわった。マリウスはからだをふるわせた。

「何するんだよ。淫魔」

「いまさら、おぼこぶることねえじゃん。あんだけ、いやっていうほど、仲良くした間柄だってのにさ。——おいらのこと、恋しくて、夜泣きしてたんじゃねえのか？」

「ばかいわないでくれ。ひとのことを、幽閉してしたいほうだいしやがって」

「だが、お前だってそうイヤがってたばかりじゃなかったじゃないか」

平然としてユリウスがいった。

「というより、お前はあっちのめんどりより、ずいぶんとおいしくいただいたもんだよ。お前も楽しんでたし、それに……」

「だからって、とじこめられて、人質にされるのなんてもう真っ平だ」

マリウスはふくれ面でいった。

「なんでこんなとこにぼくなんか追っかけてあらわれるんだ。ぼくをどうしようっていうんだ」

「もういっぺん、一緒にきてほしいんだってさ、お師匠じじいがさ」

ユリウスは相変わらずなれなれしくじりじりとすり寄ってきて、断りもなしに猿臂をのばし、そろりとマリウスの手をつかんだ。マリウスは激しくその手をふりはらった。

淫魔はいっかな恐縮したようすもなく、さらにぐねぐねとのびてきて、まるでルードの森の吸血ヅタででもあるかのように、ねっとりとマリウスの頬に手をのばしてきた。マリウスはぞっとしてその手をはらいのけた。なおも淫魔は追いすがってくる。マリウスはかんかんに怒って怒鳴った。

2

「やだったら。もうあんたは――あんたらは二度とたくさんだよ。ことにあんたの顔は二度と見たくもない。頼むから、もうぼくの前から永久に消えてくれ。お願いだ。そしたらちょっとはあんたのこともいいやつだと思ってやるから」

「お、云うじゃねえか」

淫魔は嘲笑った。

「まあ、確かに、おいらにあーんなことやこーんなことされて、度胸だけはずいぶんとついたみたいだな、ぴよこちゃん。でもおいら、そんなことというけど、お前のことはなかなか気にいってたんだぜ。たいていの普通の真人間なら、おいらがあんだけなんだかんだ好きほうだいしたら、もうとっくに気が狂って色キチガイになってるか、さもなきゃ廃人になってるか、死んじまってるだろうからね。ま、もともと色好みだからもったんだろうけどな」

「冗談じゃない。色好みだなんてあんたに云われるスジはありゃしないんだ。もう、二度とたくさんだよ、あんたの相手は。こっちがもちゃしないや」

「まあそういうなって。仲良くしようじゃないか、またさ」

「やだったら」

「やだといっても、きてもらわなくちゃ、おいらがじじいに怒られるんだからさ」

ユリウスはへらへら笑っている。マリウスは相手の生白い顔をにらみつけた。

「なんで、ぼくばかりそんな目にあわすんだよ。ぼくが何をしたってんだよ」

「さあねー。おいらは知ったこっちゃないケド、とにかくじじいは、お前を見つけて、つかまえて、持ってこいっておいらにいっただけさ。きっとなんか、もくろみがあるんだろ。——またなんかの人質にしたいんだろうよ。このところじいさんも、いろいろまた忙しくなってるからね」

「やだったらやだ！　ぼくにさわるな！」

マリウスは叫んで、あとずさった。ユリウスはぐにゃりとそれめがけてヒルのように伸びた。マリウスはとうとうこらえきれずに悲鳴をあげた。

「やだ！　化物！　さわるなったら！」

「その化物に＊＊されて、気持いい、いいってアヘアヘしてたのは誰なんだよ。さあ、おいで、ぴよこちゃん。また当分おいらと楽しくやりまくろうぜ。じじいが何考えてるんだかわかんねえけど、じじいはきっとまたお前をエサにして豹あたまをおびきよせるつもりか、それとも……」

「もう、グインはぼくのことなんか知っちゃいないよ」

あとずさりしながら、マリウスは叫んだ。しだいに、相手が本気で自分をまたしても拉致しようとしていることがわかって、絶望的になりかけていたが、それでも、まだ恐慌にとらわれるほどではなかった。なんといっても、監禁されてずっとこの怪物と暮らしていたのだし、こんな目にあうのも毎度のことで、この奇妙な古代種族の生き残りにも、その横柄で猥雑な口のききようやかなり下品なやることなすことにも、だいぶん馴らされてきてしまっていたのかもしれぬ。まあもともと、ほかのより武辺な、あるいは上品な身内や知り合いに比べれば、旅から旅で売色をも商売のうちにしていた、楽天家で確かにユリウスのいうとおり色好みのマリウスには、ほかの連中よりははるかにこの淫魔に対する耐性や適性があったのも、残念ながら本当かもしれなかった。

「だから、もうぼくなんかまるっきり、グインにとって人質の役になんかたちゃしないんだよ。無駄なんだだったら。ねえ、本当だよ。やめてくれ。ぼくのことはもうほっといてくれ。頼むから。もうキタイもあんたもまっぴらだ」

「ごあいにくさまだな。おいらだってお前の頼みならきいてもやりたいが、それがそうはゆかないんだよ。おいらもまあ、お前はさんざんしゃぶりつくしたから、べつだん今度はもっと新しいとこをかっさらってきたっていいじゃないかと思うんだけどさ。おいらの希望としちゃーね……だけど、お師匠じじいにゃ、なんかお前でなきゃならない理由があるんだろ。さあ、きなよ。あんまり手間かけさせると、また＊＊＊から＊＊して＊＊を＊＊ちゃうよ」

「……」

相手のあまりの下品さに辟易してマリウスは黙った。さしものマリウスをさえ、その下品さで黙らせるのは、まったくこの淫魔くらいのものであっただろう。ユリウスはニヤニヤと満悦そうな笑いを浮かべながら、マリウスにまきついた。文字どおり、ぐにゃっとのびてからだごとまきついたのである。

「やだ。ばか、はなせ、やだーっ！」

マリウスはまきつかれたまま、ばたばたもがいた。もがくほどに、ユリウスはいっそうさなだひものように平たくなり、ぺったりとマリウスの全身にからみついてきた。その、ふれている部分から、なんともいえぬみだらなねっとりとした感触が伝わってくる。

「やだったら、はなせ！　ばか！　淫魔！　苦しい！」

「苦しいなんて心外だね。なーに、すぐに気持よくしてやるからさ……」

マリウスは、あっけなく抵抗を奪われ、ぐにゃりとなって草の上に崩れおちた。得たりとばかりユリウスが、というかユリウスの一部が、うにうにとマリウスの某所にからみつき、忍び込もうとしかけていたときだった。

ふいに、前触れもなくユリウスが甲高い悲鳴をあげた。驚いてマリウスは顔をあげた。と思ったとたん、淫魔はまるで火の玉にでも焼かれたかのようにとびすさり、すごいわめき声をあげながら、森の木々のなかへくるくるまわりながら飛び込んでいってしまった。

「あ……あ……」

マリウスは、なかば服をひきちぎられかけたまま、ぐったりとその場に倒れていた。ばたばたもがいて体力を消耗してしまったのと、この古代の生き残りの淫魔は、ただからだの表面に接触しただけでも、あいての色情を強烈にかきたてるけしからぬ魔力をもっていたので、もともとそちらの方面にあまりガードの堅くないマリウスのこととて、少々魂を奪われたような状態にあったのだ。が、手荒に——でもなかったが、かなり強く手をつかわずにゆさぶられて、マリウスははっと我にかえった。

「あ……いったい……だれ……」

「しっかりせんかい」

ちょっとげっそりしたような、限りなく年老いた声がいった。マリウスは目をあいた——ちょっとはなれたところに、街道の上に立っていたのは、白い長い服にまがりくねった杖、白い長い髭と髪——おそろしく年をとった、一見して魔道師とわかる長身の老人だった。

「あ、あなたは……誰？」

マリウスはどもった。またしてもあらたな敵があらわれたのかと——あるいはまたこれはグラチウスが化けてあらわれたのかと、居すくんでしまっていた。相手はそれを見てとったらしく、肩をすくめて、おだやかに名乗りをあげた。

「わしは、イェライイシャというものだよ。魔道師のイェライイシャというものだ」

「イェライイシャ」

マリウスはもとより、吟遊詩人であるから、魔道にはくわしくなくとも、魔道師にまつわるサーガはたくさん知っている。

そのなかに、《ドールに追われる男》イェライイシャの物語、というのは古来群衆によく知られ、とても人気のあるれっきとしたひとつのサーガ群を形作っている。マリウスはおどろいて身をおこした。ようやく淫魔に襲われた衝撃があとかたもなく消えてゆく。

「イェライシャって、あの《ドールに追われる男》なの？　本当の本物なの？　えぇっ？　本当？——いったい、どうして、そんな——《ドールに追われる男》などという人が、このぼくを助けてくれたの？　どうして？」

「おぬしも本当にしょうのないやつじゃのう」

というのが、イェライイシャの苦笑まじりの答えだった。マリウスはのろくさと起きあがり、身づくろいをしながらちょっとふくれた。

「ええっ。いかに魔道師でも、見ず知らずの人に、そんなことを、いきなりいわれたって……」

「わしも、このところあちこちの情勢を見るために、ずっと心眼を開いていたので、お前さんがサイロンを出てきたいきさつは知っているがね。——まあ、おぬしの気持もわからんでもないが、それでもしかし、気持は気持として、いま、おぬしのような剣の使いかたも知らねば、身の守りかたも知らぬ——それよりも、四囲の情勢がどのようになっているのか、まことに見渡すこともかなわぬものがふらふらと安全な囲いのなかからさまよい出てくれれば、たちまちにこういうことになろうとは、思わないのか」

「そんなこと……」

マリウスはまた、思わずことばにつまりながら、頬をふくらせた。いま目のまえで拉致されかけたばかり、もし当の相手がいなければあっさりかっさらわれていたはずである。さしもの口から先に生まれたようなマリウスにも、このときばかりは反抗のしようがなかったのだ。だが、おとなしく納得してはいなかった。

「だって……でも……」

「やれやれ、だってもでももあったものではないぞよ！　お前は、何も知らぬまま、ひょこひょことまことにいいあんばいに、しかもさらってくれといわぬばかりにこの旧街道に迷い込んできたが、これとても、ひるまから、あの淫魔めがちょこちょこと餌をまいたり、道標をひょとさしかえたりして、お前がひとけのない旧街道に迷い込むよう、はからっていたのだよ。途中から、道に迷ったと思っていなかったのかね」

「ちょっと、なんか見慣れないあたりにきたとは思ったけど……でもどちらにしても、ケイロン街道の、ケイロン古城からササイドン城にかけてのあたりは、とてもさびしいところだから……」

マリウスはあきらめ悪く、口の中でもごもごと云った。イェライシャはしかたなさそうに肩をすぼめた。

「相変わらず、何の警戒心もない――それは、ある意味では、よいことなのかもしれぬが、これからの世の中では、いのちとりになりかねんぞ。これからはじまる時代は、これまでお前がそれほどうかつでも、お人好しでもなんとかして生き延びてこられたようなのどかな時代ではなくなるでな。――これからは、まことの戦国の世がはじまるのじゃからな」

「戦国の世！」

そのひびきに奇妙に魅せられるものを感じて、マリウスはこの状況の異様さも、相手への警戒心も忘れ、思わずそのことばをくりかえしていた。

「戦国の世だって！　でも、それは……」

「これが戦国の世でなくてどうなろうかということじゃな」

イェライシャは云い、ふわりとそのあたりの石の上に腰をおろした。マリウスも、まだ膝ががくがくするのを感じていたので、ぺたりと街道の草の上に腰をおとした。商売柄、もしもこれが本当に《ドールに追われる男》だとすると、決して悪い魔道師ではないはずだ、ということはすぐに想像がついたのだ。

「これから長い年月にわたって、中原のいたるところで戦争が続くだろう。そして、それは、なかなかすっかりとはやむことがないだろう、戦火はな。下火になったとみえてまたちろちろと燃え上がり、あるいは一気にすべてを燃やし尽くす大火になったと思うと、また激しい風にあおられて思わぬところへ飛び火する。これからは、どこの国も、おのれのみが安全だとも、無事でいられるとも思えぬことになる」

「そしてどうなるのですか？ そのまま、戦いが続いて、そして……」

思わず、マリウスはすっかりつりこまれ、夢中になって身を乗り出していた。

「それがわかるのはヤーンだけだろうさ」

イェライシャはいくぶんそっけなく答えた。

「だが、これだけは云えような。長い、長い戦いの時代のはてに、やってくるのは決して平和ではないはずだ。なぜなら――はるかなはるかな未来にとどめられている記録は、暗黒の――黒魔道が支配するようになったパロスの国の誕生を予言していると伝えられている。それがどのようにして誕生してくるのかはやはりヤーンのみしかわからぬにせよ、われわれ魔道師にとっては……白魔道師か、黒魔道師かをとわず——科学に対する魔道の勝利、という意味で、決して悪い気はせぬものだよ」

「科学に対する魔道の勝利！」

驚いてマリウスは叫んだ。そして、あまりにこの話に興味をそそられたので、自分がどのような状況におかれていて、どうやってこの奇妙な老魔道師と知り合ったのかも念頭になくなってしまった。

「そんなことがありうるんだろうか！　というか、科学と魔道っていうのは対立するものだったんだろうか？　だとしたら、それは中原の、国々どうしのあいだにくりひろげられているおろかしい人間たちの栄枯盛衰や戦いとはまったく別の次元の、人間どもの目には見えない本当の戦いなんですね！　そして、それによって、本当はわれわれ生身の人間たちは動かされ、あやつられているにすぎないのだろうか！　だとしたら、われわれのこの世界は、こうして目にみえるとおりのものではなくて、もっと……」

「これこれこれ」

イェライシャはおかしそうに口をすぼめて笑った。

「暴走するでない。まあ、それがおぬしのいいところであろうけれどもな。おぬしら兄弟はまことに、詩人の魂をうけついでおるよ。——いったいどこからどのようにしてそれをうけついだものかは、これまたヤーンのみぞ知っておられることであろうがな。……

…そして兄はその魂ゆえに世界生成の秘密に肉迫しすぎてあやうくなり、弟はまた、その魂にいざなわれてさまよい出る。あやういかな、あやういかな、とでもしか云いようもないわな」

「兄って……」

マリウスは、先刻まで思っていたことがことだっただけに、ぶきみそうに、思わずイェライシャを見つめたが、かまをかけられているのではないかと心配だったので、さすがに何もあぶないことは口にださなかった。イェライシャは笑った。

「魔道師の目にいったい何をつつみかくすつもりだ。——わしは、すべてを知っておるよ。マリウス、いや、パロの第三王子アル・ディーンどの。——そして、おぬしが堅苦しいケイロン宮廷をいやになって、兄のもとにおもむこうと、サイロンを飛び出してきたということもな」

「そりゃ……偉大な魔道師なんだから、そのくらいのことは、知っていても当然かもしれないけどね……」

不承不承マリウスはつぶやいた。それから、気を取り直した。

「じゃあ、そこまでばれているというんだったら、きくけれど……その、あなたには、そのう、なんでもご存じなんだとしたら、つまり、その……」

「おぬしの兄は生きておるよ。もう、わしがこの手で蘇生の術をほどこし、それがきいたのを見届けてからマルガをはなれてきたのだからな。間違いようもあるまいて」

「あなた……が、蘇生の術を……？」

マリウスは驚いてまじまじとイェライシャを見つめた。イェライシャは声なく笑った。

「そうとも。そもそも、仮死の術をほどこしたのもわしじゃがね。——ヴァレリウス魔道師に頼まれてな」

「ヴァ……」

マリウスは息をのんだ。しだいに、相手が、偶然あらわれたのでもないし、かれの兄にまつわる話にも少なからぬえにしと関係を持っているらしい、ということがわかってきたのだ。

「あなた……は、パロの……いや、兄の……味方？」

「ヴァレリウスとゆきあったのは基本的には、偶然といっていい」

イェライシャは無造作にいった。

「もともとは、なにもわしは、ヴァレリウスにも、パロのどちらの政府にも、味方をしようなどという気持はなかった。わしにとっては、興味のあるのはまったく別のものだけだったのでな。——だが、観相の結果、このままもしもわしが介入せずにいると、おそらく、このたたかいは最終的にわしの希望するのとは正反対の結末に終わるだろう。それがわかったので、わしはこの戦乱に自らすすんで介入することを決めた。——のう、お若いの、このいくさについては、実にこう、たくさんのものたちがふたてに別れてひそかに争いあっているのだよ。公にも、ひそかにも、だな。そのようなことは、おぬしのようなカルラアの徒には何のかかわりもないとおぬしは思うのだろうが」

「カルラアの徒としては関係はないし、これからも戦争に関係なんか持ちたくもないけど……ナリスの弟としてなら……」

マリウスは口ごもりながらいった。

「だから、ぼくだって……こうして出てきたんだし……本当にナリスが死んだなんて、一回も信じてはいなかったけど……これからさき、もしもパロが……」

「パロはふたつにわかれて争い、それにくみする諸国もふたてに別れ」

イェライシャはゆっくりとうたうようにいった。

「そして白魔道師と黒魔道師が争い、東と西が争い――やがてはヤヌス教と、それに反するものたちもあらそうことになろうさ。いやはや――そして世界じゅうはいくつにも分裂してゆくのだ。むろん科学と魔道も戦う。すべてのものは、もはやルアーの角笛にかりたてられ、とどまることはできぬようになったのだ」

「どうしてそんなことが……」

「角笛をふくものがいたからだな」

イェライシャは云った。そして、奇妙なけむるような目でマリウスを見つめた。

「さよう、わしは、もとより世捨て人として、おのれの分だけを守っておとなしゅう暮らしていたのだからな。そのさまを見なかったら、やはりこのような泥沼のなかにすすんで飛び込みたいとは思わなんだに違いない。——角笛はまず東からきこえてきた。だがそれから、それはいたるところでこだましてきこえてきた。……まあそのようにややこしくいうまでもない。こののちの戦乱の時代をおぬしのようなかよわい、剣ももたぬ者が生き延びてゆけるかどうかは、ひとえに、無数のからまりあった敵味方のなかで、どれを選べば生き延びられるのかを判断する力ひとつだよ」

「……」

マリウスはちょっと黙り込んだ。

イェライシャの謎めいた言い方そのものには、吟遊詩人であるマリウスはそれほど驚いてはいなかったし、ほかのものよりおそらくずっと、そのことばのかげに隠された意味を読みとるのにはたけていただろうが、それだけに、そのことばが意味するものを、深刻にうけとめざるを得なかったのだ。

「イェライシャ……老師」

マリウスは、さまざまな古いサーガを思い浮かべ、偉大な魔道師への尊称や話しかけかたを思い出そうとしながらおずおずといった。

「ああ？　何じゃな」

「老師がおっしゃるのは……ふたつのパロが争うのもまた、白魔道と黒魔道や……もっといろいろなものに……あやつられて……」

「さあ、まことにあやつっているのはこれとはっきり特定できれば、それを断ち切ればすむだろうよ」

イェライシャはいった。

「だが、そうではなく、あるものにたいしてはあやつっている者が、あるものにはあやつられている。——だから、これはまことの乱世なのだよ。だが、ひとつだけ教えてやろう。なぜ、わしがお節介にも出てきてあの淫魔がおぬしを連れ去るのを助けたか、ということをな」

「……………」

「あの淫魔はわしの天敵、〈闇の司祭〉グラチウスの使い魔だ。……たくさんの対立する敵どうしの構図のなかで、グラチウスとわしイェライシャ、というものはむしろ、この乱世が勃発するはるか以前からの宿敵だ。そもそもドール教団内部での勢力争いに端を発し、わしがドールを裏切り、白魔道とはいわぬがヤヌスに寝返り、それを怒ったドール教団がわしを抹殺することを正式に決めたときの教団の最高権力者はグラチウスだった——この物語はいつしかにごく普通の人間どものあいだにまでサーガとして流れているがゆえに、吟遊詩人のおぬしなら知ってもいよう」

「ええ……」

「それゆえ……わしが、ヴァレリウスを助けてやろうと決めたのも、ヴァレリウスが、グラチウスに操られている、あるいは操られかけていることを発見したからだ。グラチウスの野望をはばむのは、わしにとってはおのれが生きのびるためにどうしてもせねばならぬことだ。……グラチウスが勝利をおさめ、中原で非常な勢力をもつようになれば、わしは所詮は一匹狼、いずれは追いつめられ──そしてとらわれ、抹殺されることになる」

「……」

「それゆえこれまでずっと、わしは、グラチウスの野望をはばむためにそれとなく暗躍してきたものだよ。……きゃつにとらわれていた五百五十年はどうにもならなかったが。その恐しい幽閉からときはなってくれた豹頭王には非常な恩義を感じておるし、それゆえ、わしは、豹頭王を支援してグラチウスを中原から追い払ってやろうというのが最大の目的なのだよ。……また、グラチウスをも、ヤンダル・ゾッグをも追い払えるのは、豹頭王以外におらぬでな」

「ヤン……？」

「そんなことはおぬしなどは、知らぬほうがよいだろうよ。まあ、話半分としてきいておくがよい。ともかく、わしは、いま、反グラチウス勢力としてのみ動いておる。もっともだからといってキタイ勢力にもまたくみすることはありえんがな。——それゆえに」

「……」

「おぬしがここで、あの淫魔にかどわかされて、グラチウスの手におちてしまうと、まずいことになると思ったのだよ。まずいというより、面倒なことに、というべきかな。きゃつは——〈闇の司祭〉のことだよ——いま南下してワルスタット城に入ろうとしている豹頭王の軍勢を足どめし、そして……」

「豹頭王の軍勢が南下」

衝撃を受けてマリウスは叫んだ。

「じゃ、じゃあ、グインは……あれほど長い、ケイロニアの外国内政不干渉原則を破って……」

「じゃから、おぬしももうちょっとだけ待っておればよかったのだよ。そうすれば、豹頭王もろとも、パロに下ることも可能だったのだ」

イェライシャはそっけなく云った。

「だがいまとなっては……たくさんのいろいろな陰謀が動いている。その大部分は、〈闇の司祭〉のものだがな。わしはそれを阻止してやろうとあちこちに出てきて動いているのだ。おぬしはわしがとりあえず預かるよ。それが一番安全であろうでな。——案ずるな。わしはグラチウスとは違う。べつだん、おぬしを何かの実験に使ったり、手下の淫魔に弄ばせたりはせぬよ。少々退屈するかもしれぬが、無事にほとぼりがさめたら、おぬしのゆきたいところにも届けてやろうし。わしは、親切でな。それに、おのれの目的はわしにははっきりしているのでな」

「も——目的、目的って……」

「豹頭王を助けることだよ。吟遊詩人」

イェライシャは断固として云った。マリウスの目はこれ以上見開けぬくらいまん丸くなった。

「豹頭王を、助けること……」

「そうだ。だから、おぬしがグラチウスなどに人質にとられるのは困るのさ。いまは、王は、とても忙しくなろうとしているところだからな。まあ、あちらの情勢が落ち着いたら、おぬしはパロに送り込んでやるよ。それまでは、わしの湖の底のかくれがで、薬草の世話でもしながらちと休んでいるがいいよ」

3

世界のあちこちで、ルアーの角笛がなりひびいている——

イェライシャがマリウスにいったそのことばの、むろん実態をその目でみることは、魔道師ならぬ生身の人間にすぎぬマリウスにはかなわぬことであった。

だが——もしもマリウスにして、うつし世を一望のもとにする神の視力を持っていたとしたら、どれほど、そのイェライシャのことばにおののき、おそれ、そしてこの世のゆくすえを案じたことだろう。

じっさい、これまでずっと膠着状態、あるいは一触即発の状態のままでじっと時期を待っていたかに思われる世界のあちらこちらで、いっせいに、ルアーのかまどが火を噴いたかと思われた。

「ダーナムの情勢が思わしくありません」

伝令の魔道師が、マルガのカレニア宮廷に伝えてきた報告は、参謀のヨナやヴァレリウス宰相たちの眉を曇らせるに充分であった。

「ダルカン将軍は必死にダーナム救援のたたかいをくりひろげておりますが、レムス軍はさらに三個大隊を投入を決定、聖騎士団三個大隊がクリスタルをけさがた進発しました。この援軍が到着すると彼我の兵力の差はさらに開き、ダルカン侯軍はかなり不利となるものと思われます。――こちらに、ダルカン将軍からの援軍のご依頼状が」

「しかし」

ヴァレリウスは唸った。

「援軍といっても……これ以上は、こちらも兵をさくわけにもゆかんぞ。そうでなくてももうかなり危険なくらいに兵をダーナムに投入してしまっているのだ。これ以上ダーナムに兵をまわしたら、こんどはマルガの守備がこころもとなくなる」

「ダーナムには、イーラ湖渡航とそれにつぐマルガまでの移動をとりあえず、兵を出して補助してくれた、という恩義がありますから」

ヨナはおもてを曇らせた。

「それで、これだけの兵力をこちらもさいたのですが、正直いって、これは――諸侯の前ではいいづらい話でしたが、ちょっと兵を投入しすぎだと私は考えておりました。といって、あの場合、立場として、ダーナムを見捨てるようなことをちょっとでもするわけにはゆかなかったのですが」

「それは……まさに」

ヴァレリウスはくちびるをかんだ。

「ことにルナン侯はそうした恩義にことのほかこだわるおかただし――ルナンどのがもっとも強硬に、わが聖王陛下の危機を救うに大恩あったダーナムを何があろうと救援せねば、と主張されたからな――さもなくば……」

「あそこまでは兵をさしむける余力は本当は現在のわが軍にはありませんし」

身もフタもないヨナ参謀長は冷静にいった。

「それにはっきりいって、ダーナムは、われわれの立場からは非常に守りにくく、しかも戦略上は決して重要ともいえぬ都市です。最初の戦端をひらくには、あまりにクリスタルに近いし、それにマルガの防衛線とするにはマルガからは遠い。それになんといっても ダーナムは平地の商業都市、というか正直のところ田舎都市にしかすぎなくて、砦があるわけでもない。我々が守ってよしんば今回のクリスタル軍の攻撃を切り抜けさせたとしても、またどのみちクリスタル軍が増援されてくれれば、同じことになる。ダーナムは……正直のところ……」

「ヨナどの」

いくぶんあわてて、ヴァレリウスは誰かにきかれはせぬかとあたりを見回した。ヨナの青白いおもてはわずかに紅潮したのみだった。

「正直のところ、ダーナムをここまで犠牲をはらって守る理由は……ダーナムへの恩義

「だが、もはやこうなっては、見捨てるわけにはゆかないよ。ミロク教徒のヨナどののとしたことが、あまりミロクの教えにかなっているとも言い難い意見だな」

「それはしかたありません。どのみちいくさそのものが、ミロクの教えにはそむいているのです」

いくぶんおもはゆそうにヨナは答えた。

「誤解なさらないでいただきたいんですが、私も、葛藤していないわけではありませんよ。もともと、私はただの神学者で、まったく兵法学者でもなければそもそも参謀などという柄でもない。ただ、もはやことここに及んだ以上は、ナリスさまにさいごまで、おのれの持てる最大限の力をおかししなくてはならぬと、おのれの知識や判断をもってお仕えしているだけのことです。しかしながら、本当は——やはりいくさは許されぬものだといまでも思っております」

「つまらんことをきいて、すまなかったな」

いくぶん後悔して、ヴァレリウスはいった。

「ヨナどのはまことによくつとめてくれている。苦しめようと思ったわけではないのだが——だが、しかしダーナムはどうしたものかな……もう、世界が我々の去就を注目している以上、手をひくわけには——見捨てるわけにもゆかぬし……だが、いま増援を出しては……」

「いま増援は絶対に無理ですよ」

にがい顔をしてヨナが、机の上にあった軍隊の配置図をとりあげながらいう。それに目を落としながら、

「もう、いまや、こちらこそどこの軍でもかまわぬから――まあ、その、ゴーラ軍は別としてですが――増援を何がなんでも欲しいところなんですから。いまもしこれ以上マルガから兵をダーナムにさいたら、マルガはほとんどまるはだかも同然の状態になってしまいます。もともとが、兵力的にかなり劣っているんですから、うちの軍勢は」

「だが、このままでは――ダーナムからは、ダルカン侯がじきじきに援軍を要請しているのだし、ダルカン将軍はうちの唯一の――」

「ルナン侯にあるていどの兵をひきいてダーナムへ救援していただき、そのかわりにそれといれかわりにダルカンどのにマルガへひきあげていただきましょう」

ヨナはしずかに云った。ヴァレリウスはぎくりとしてヨナを見た。

「ヨナ先生」

「やむをえませんよ。少なくともそれで、あらたな、よく休養している兵力を応援にさしむけたことにはなります。――あちらは、あちらというのはクリスタル軍のことですが、まだまだこのあと、いくらでも、まあほとんど際限なしにといっていいくらい、増

援できるんですよ。――もともとが五万もいるというのに。さらに最終的にはその倍までは出せる兵力があるのです。こちらはいかにとっかえひっかえしても、そもそもその五万に最初から、かろうじて匹敵できるていどの人数をかきあつめただけの兵力しかない。これはもう、最初から、どちらにもいやというほどわかっていることなんですから、いかにダーナムといえど……その上の兵力をどうしても救援に出してくれといわれても……それは……」

「それは、確かにそのとおりなんだが……」

ヴァレリウスはそっと額の汗をふいた。

「しかし……最近は、なんだか、ヨナ先生のほうが過激な兵学者になってきたような気がするな」

「状況に迫られているだけのことですよ」

ヨナはにこりともせずに答えた。

「ともかく、新しい軍勢を派遣するだけ、というのは無理ですから、ナリスさまのお許しを得ての話ですが、ルナン侯にとりあえず五千人ばかりひきいていただいて、ダーナムにいっていただけるよう、お願いしましょう。これは、ヴァレリウスさまからお話いただけますね。そして、それといれかえに、ダルカン将軍に、数千をひきいてマルガの護衛に戻っていただけるように――万一、ダーナムにわれわれの目をひきつけておいて、クリスタル軍が大回りしてマルガのうしろをついてこないものでもありませんから。うしろ、というのはいいすぎですが、ロードランド側から」

「こうなるとかえって、我々の悩みの種の、カラヴィア軍主力がダネイン側にいないというのが、背後を突然つかれる心配がない、ということで助かることにさえなるな。参戦してくれないのだから、どちらにせよ味方としてはあてにできないにしたところで」

ヴァレリウスはうなるように云った。

「では、それをアル・ジェニウスに申し上げてみよう。が、ほかに名案といっても見つからないし——ともかくいま現在ではパロ国内のめぼしい騎士団、軍勢、兵力たりうる集団はみな、それぞれの去就を一応明確にしてるからな。カラヴィア軍以外は」

「そう、まあ、ですから幸いなのは、レムス軍もまた、カラヴィア軍が加わる以外では、いま以上には兵力が増大する、という可能性はないわけですが」

面白くもなさそうにヨナはいった。

「にしたところで、いま現在でどうせ我々の倍から三倍以上の兵力を持っているのですから、そう思ったところで大した望みにもなりませんが。しかしともかく、手持ちの軍勢をあたうかぎり有効に動かすほかはない。本当のことをいえば……」

「ヨナどの」

「本当に正直なことをいってしまえば、ダーナムはもう……手をひいて、マルガの守りにすべての兵をひきあげたほうが……私としては……」

「それを云ってはおしまいだ。第一、そうしたらダーナムはどうなるか」

「全滅させられるということはありうるのでしょうかね？」

ヨナは冷徹にいった。

「いくらなんでも、同胞ですよ？　それに、女子供は少なくとももう大半避難が完了しているはずです。女子供と老人を無事、ダーナムから避難させた段階で、本当は、ダーナムの守護部隊も含めて、あそこからひきあげてマルガに合流させてしまうほうがよかったかもしれませんね」

「あのときにはもう、そうできない情勢にあったからね」

ヴァレリウスは仏頂面で答えた。真実というのはときにひとをむっとさせるのだ。

「だが、どうも……我々がいまのところ、後手後手とひいているきらいがあるのはいなめないね……」

「それはもうですから、しかたないんですよ。ヴァレリウスさまも私も本職の武将でも兵法家でもなんでもないし、どうしても——あえていうなら、武将ほどに非情になりきれないですからね」

「ああ」

ヴァレリウスはちょっと嘆息した。そのことは日に日に、ナリス陣営にとっては重大な問題になってきつつあったのだ。——「本職の武将が、少なすぎる」ということが、である。

魔道師は、あくまでも魔道師にすぎない。パロがいかに尚武の国ではないとはいえ、それでも武将は武の専門家なのだ。そして、魔道師は魔道の専門家であるのだし、ヨナは学者で、これまた学問が専門、そのうちのひとつとしておさめた兵法学で必死に参謀の役をはたしてくれてはいても、最大の問題は、どうしても本当の武将のように非情な判断が下せない、ということであった。といって、いま現在カリナエ政府にくみしている武将のおもだったものは、ルナン聖騎士侯を筆頭にダルカン聖騎士侯、そしてワリス聖騎士侯、ローリウス伯爵、リーズ聖騎士伯、ラン義勇軍隊長——サラミス公ボースは武将とはいえないし、ルナンは勇猛ではあってもかなりの年齢である。ダルカンもまた、いかに聖騎士たちの信望あついといいながら、これまた引退を考えるような年齢だ。ワリスやリーズやローリウスは逆にまだまだ若僧だ。

（といって、これはまあ幸いなことに……レムス軍のほうにそれほどの逸材があるというわけでもないから、もっているものの……）

皮肉にヴァレリウスは考えた。そもそも、それが、パロが尚武の国でない、というあかしのようなもの——パロには、それこそケイロニア王グインは別格としてもケイロニアのゼノン、ゴーラのイシュトヴァーン、かつてのクムのタルー、ユラニアの〈青髯〉

オー・ラン、のような、世界じゅうに武名を知られた武将などひとりもいないのだ。パロのなかでこそ多少は名を響かせているダルカンやダーヴァルスでも、現実にモンゴールの軍勢とぶつかったときには実にたやすく破れた黒竜戦役の経験がまだパロのひとびとの記憶に新しい。

（ともかく……しかし、外国の軍隊の応援をあてにしすぎるのはいっそう危険なことだろうし……）

ダーナムでくりひろげられているいくさ、ダーナム市郊外で激しくベック軍とダルカン軍がぶつかっているこの第一戦にしたところで、もしもこれがもっと尚武の国の内乱であったとしたら、もっと早くにかたがついているか、あるいは少なくとも、人数に劣るカリナエ側がとっくにもみたてられてダーナムの防衛線を割っているだろう。

これはあるいは策略かと思えなくもないが、ダーナムへの、ベック軍のせめかかりようもそれほど厳しいものではない。ひとつには、やはり同胞、という意識が兵のなかにあるのかもしれぬし、またダーナム周辺の地形のわるさのゆえ、もあって、どうしても、兵の動かしかたが、さほどすみやかにはなりえないようでもある。その点では、もともとダーナムの住民とダーナムの守護部隊を擁していて地理に詳しいカリナエ軍のほうがいささかは有利でもある。

「マール公軍も少し、カレニア軍と入れ替えましょう。アマリウスどのとローリウスど

「のを交替していただくかな。でないと、あちらはさらに、疲れが目立っているのか、きのうの報告ではマール公騎士団の部隊が一番被害が大きいようです」

報告書をにらみつけながらヨナがいう。ヴァレリウスはうなづいた。

「ともかくもそのくらいの手はうたないと――これでは、まだ当分カレニアへひきうつるようなだんどりはつけられそうもないな」

ダーナム郊外でベック公軍から戦端をひらいた、このパロ内乱最初の大きな戦いも、しかし、そののち、ベック公軍が、一気に主力を投入してダーナムを包囲してこようとするかわりに、ちょこちょこと部隊を出してきては正面からたたかいをいどみかかってくるので、またこぜりあいの域に逆戻りしている。もっとも、ジェニュア郊外のこぜりあいとは違って、今回の戦では、かなりの被害が双方に出ているのは確かだったが。

しかし、ベック公軍がもしもその気になれば、五万の大軍を擁しているのだ。それを大きくダーナムをまわりこむかたちにして、包囲網をつくりあげ、ダーナムにカレニア政府がさしむけたダルカン軍と、カレニア政府との連絡を断つことはさほど難しくはなかっただろう。

また、それを、カレニア政府のほうはもっともおそれていたのだが――しかし、ベック公軍は、当然思いつくはずのその作戦をとろうとしていない。

それについても、当然、ヨナとヴァレリウスの参謀本部のあいだでいろいろな憶測や論議がかわされたのだが、ダーナム以南はカレニア政府の勢力範囲であることをかんがみて、あまりに深入りを避けているのだろうか、とくらいしか、結論づけようがなかった。

「ただ、ベック公軍の動きは決してそれほどすばやくないし、おそらくいちいちクリスタルに、こちらの出ようや情勢の変化を報告して、レムス王の命令をあおいでいるのではないかと考えられますが、何かあるたびに妙に動きがとまる。それがこちらのつけめでもあるし、ぶきみでもあるし……」

ヨナはベック公軍の動きをいぶかしみ、かなりそのウラになにかあるのではとあやぶんでいたが、ヴァレリウスの意見は、もう少し違っていた。

(マルティニアスもタラントも、もしかしたらダーヴァルス侯も——ベック公当人ももしも、あの——おぞましい黒魔道によって、竜王に操られているのだとしたら……)

かつてのあの、《リーナス》の死体が闇の生命によってよみがえって、のろのろと動き回っていたおぞましいさまを、ヴァレリウスはことあるごとに思い出している。

(もしも、おもな武将たちが、全員あのように、ゾンビーにされてしまったのであったら、それは、当然……その武将たちの動きも判断も、通常の人間のようでなくなるのはあたりまえだ。リーナスさまも、なんだかのろのろと……ぶきみなようすで、上からあやつられているあやつり人形のように動き回っていた……)

もしも、《レムス》が、そうやって、おもな武将たちをみな、かつてヴァレリウスがそうなりかけたような魔の胞子によってあやつり、傀儡として、このいくさをさせているのであったら、それはむしろ、人数に劣るカレニア軍に重大な勝機を提供することになるかもしれない、とヴァレリウスは考えている。

むしろそれが、かれらの最大の希望かもしれないのだ。

（だったら……戦える）

あやつられたゾンビーのままでは、いかにもともとはすぐれた武将といえども、自己の判断でその場その場で命令を下してゆかねばならぬ戦場での指揮官としての任務に対応できるとは思えない。そこでいちいち、もし心話を介在してにせよ、遠いクリスタルにいるなにものかの命令をまっているとしたら、それは当然、その軍勢の動きはひどくにぶくなるし、普通でないものになってもあたりまえだ。

（それに……もしも、キタイの竜王が、クリスタルをはなれたりしたら……）

以前、ヴァレリウスがとらわれていたとき、助け出してくれたグラチウスは、ヤンダル・ゾッグがキタイとクリスタルとを往復しているのであり、いまはキタイに戻っているゆえ、防御が甘くなっているのだ、と告げたことがある。

もしそれが本当ならば、ことに竜王がクリスタルにいないあいだなら、ゾンビーの軍勢など、さほど労せずにうちやぶることだって可能なのではないか、とヴァレリウスは考えるのだ。

（ロルカたちに頼んで、レムス軍側の動きになんらかの周期がないかどうか——ぴたりと動きがとまるのに、一定の法則性がないかどうかを調べてもらったら何かわかるかもしれない。それに、クリスタル・パレスの警備も、俺が脱走したときには——よしんばそれは魔の胞子を植え込んだ俺を逃がすための罠だったとしても、それでも確かに定期的にゆるんではいるようだった。とらわれたときのあの恐しい結界の強さをあるときから確かに感じなくなっていたし、それに……）

ヤンダル・ゾッグはキタイ王だ。キタイを、それほど長期間放置しておいて、大丈夫なのだろうか。定期的に戻っている、というのは、キタイをも、ヤンダル・ゾッグがおのれのその強力な術をもって支配しているからこそではないのか。

（だとすれば……うまくその周期を理解して、攻勢をかければ……）

いかに兵力に劣ってはいても、専門の武将が少ないといっても、こちらは確実に、その場でもっともすばやく反応できる生身の人間たちの軍勢だ。

ことに、ベック公については、クリスタル・パレスにおもむく直前にはまったくこちらに同情的であり——というより、同胞があいうつ戦いをなんとか避けたい、という立場にあったはずが、いったんクリスタル・パレスに入ったのちには、有無を云わさずレムス軍のもっとも有力な武将として行動するようになった、ということに、ヴァレリウスはかなりはっきりした背後の理由を見いだしていた。ベックもまた、操られているのだ。

（だとすれば、その魔道をときさえすれば、現在レムス王側についている武将たちのかなりの部分が……）

こちらに寝返ってくれないものでもない。それが、現在、ヴァレリウスが考えているひとつの大きな反攻の手がかりだ。

だが、そのためには、いくつかの必要条件があった。最低限、ヴァレリウスに匹敵するほどの魔道師がかなりの人数そろって、魔の胞子の術をいっせいにときにかかれることだ。

しかし、魔道師ギルドがついているカレニア政府はかなりの数の魔道師を擁しているといっても、またそれの大部分はマルガの結界のために使われなくてはならない。

（ひとが……あまりにも人手が足りなすぎる。兵隊も、魔道師も、武将も……）

それが、いま現在のヴァレリウス——いや、ヴァレリウスのみならずカレニア政府にとっての、最大の悩みであるのは疑いをいれなかった。

4

そして、また。

戦火が燃えさかっているのは、ダーナムだけではない。

「陛下！」

天幕に飛び込んできたマルコは、イシュトヴァーンが天幕のなかに戻っているのをみて、ほっとしたような顔をした。

「お戻りでございましたか！　その、血は……」

「心配するな。全部返り血だ」

イシュトヴァーンの呼吸は激しくはずんでいる。

まだ、縦横に剣をふるい、右に左にあたるをさいわい敵を切り倒してきた荒々しい残虐な戦いのたかぶりが、抜けていないのだ。その浅黒い頬は紅潮し、目は血走り、ようやくかなり落ち着いてきたものの、かたわらにつったてたままの大剣もつかまで血まみれ、手も顔もからだにも、マントにも胴丸にもべっとりと返り血をあびて、そのすがたは見るものをして目をおおわしむるものがあった。

「どうした。きゃつらは」

「もう、おおむね大勢は決しました。当然のことながら、小人数の敵どもはいくつかのかたまりにとりこめられ、数に倍するわが軍に切り倒され……もうほとんど抵抗しているものはありません。また、あらての人数があらわれるようすもございません」

「きゃつはどうした。きゃつは」

イシュトヴァーンはたかぶりをおさえきれぬように怒鳴った。

「タルーの畜生はどうした。きゃつだけは、何があろうととらえろと命じたはずだ！」

「はい」

マルコはなだめるようにイシュトヴァーンの前にひざまづいた。

「ただいま、鋭意追わせております。総大将は比較的早く、おのれの手勢をとりまとめ、山のなかにひこうといたしましたが、陛下のご命令のとおり、かなりの人数をさいて山に入らせましたので……」

「もう、二度と逃がすものか。俺の前にうろうろと愚かしい面を突き出しやがったのがきゃつの運のつきだ。あのときは、てめえの女房をいけにえに俺に切らせててめえひとり逃げ延びやがったが、もう二度とドールの黄泉から迷って出られねえよう、とっつかまえたらこんどこそ俺がこの手でじきじきに百ばかりの肉のかたまりに切り刻んじまっ

てやる」

「……」

思わずマルコは身震いをした。このことばは、いまのイシュトヴァーンなら、確実に実行するだろうと思われたからである。

「だが、心配するな。すぐには殺さねえ。それほど、馬鹿じゃねえさ、俺は」

イシュトヴァーンは獰猛に笑った。白い歯が光った。

「いったいなんでまた、たかだか五千ぽっちの軍勢をひきいて、きゃつがいまごろのこのこと俺の大軍におそいかかってきたのか、そいつを聞き出すまでは殺すものか。ともかく早くとっ捕まえろ。絶対にこれには裏がある。裏切りと憎しみの神エリスにかけて、何ものかの陰謀なんだ。きゃつは、でかいつらをしちゃあいるが、本当は気の小さなろくでなし野郎だ。きゃつひとりだったら、こんなこと、決して思いつくものか。——第一、あまりにも無鉄砲すぎる。いったい何をたくらんでいるんだ。……どこの誰がたくらみやがったんだ。俺は何がなんでもそいつを……えい、早くつかまえろというのがわからねえのか」

「ただいま、ただいま——わが軍の勇士たちも、必死に捜索いたしておりますゆえ、ほどもなくよいお知らせが参りますかと……」

マルコは、懸命になだめた。なだめながら、イシュトヴァーンのその、グロテスクな、

《殺戮》と名付けられたおぞましい絵でもあるかのように血にまみれ、目をぎらつかせた、殺気と血のにおいを辺り一面にまきちらすすがたを、むしろ何かいたましい、正視に耐えぬものに眺めていた。

「陛下、ともあれ、もう敵は追い散らされ、わが軍も集結しつつあります。少々、お休みになりましては……」

「休み……」

イシュトヴァーンは奇妙なことばをでもきいたかのようにマルコを見返した。マルコはいくぶんひるみたがる気持をふるいおこした。

「ともかく、その血をお洗いになりまして……小姓に命じて新しいお衣装一式をもたせますので、お召し替えなさいましては。それに、その……ご酒でもあがってお休みになりませぬと、おからだが」

「酒」

意外なことばをきいたかのように、イシュトヴァーンは目を細めた。それから、いきなり飢えたように云った。

「そうだ。酒をよこせ。のどがかわいた」

「陛下に、お酒を」

大急ぎで、マルコは叫んだ。云わせも果てず、小姓たちがわれさきに争うようにして、酒のつぼと杯を運んできた。イシュトヴァーンは、無造作に、マルコがつがせた杯を手にとり、一杯のみほした。

「着替え、着替えだと」

またしても奇妙なことをきいたかのように、というよりもようやくわれにかえって、夢から少しづつさめてきたかのように、おのれを見下ろす。

「このままだと、恐しいか、俺が？　マルコ」

「恐しい、と申しますか……」

「怖いんだな」

イシュトヴァーンは、ふっと奇妙な微笑をみせて、がらりと血にそまった大剣を投げ出した。

「水をおもちしろ。飲む水じゃないぞ。陛下のお手をすすぐお水だ」

マルコは小姓に命じた。そして、うしろにまわって、マントの結びひもまでもべったりと返り血に濡れて重たくなっているマントをぬがせてやった。

「またしても、恐しいまでのおはたらきでございましたな」

「見てたのか、お前は」

イシュトヴァーンは、なんとなく、おそるべき殺戮のまっただなかに、魂のいくぶんかを置き忘れてきてしまったかのように、いつもより茫然としてみえる。

(この人は……)

ふっとこみあげてくる、憐憫とも、恐怖ともつかぬものを、マルコはじっとおしこらえた。

「ともかく、そのままでにご不快かと存じます。さ、お靴もおぬぎ下さい。これまたいそう血に汚れております」

「いったい、どのくらい片づけてやったのかな、俺が」

むしろぼうっとしたような、日頃のイシュトヴァーンとも妙に違う熱にうかされたような声音であった。

「俺一人でも、あんな弱っちいやつらなら、みんな片づけてしまえるくらいだったな。何も正規の訓練を受けてない野盗みたいなやつらだとしか思えなかった。——お前はどう思ったんだ、マルコ」

「さようでございますね……」

マルコは、足もとにひざまづいてイシュトヴァーンの軍靴をぬがせながら、

「確かに、大半は野盗のような感じでしたが、なかには、かなり正規軍の訓練を受けたなと思われるものも少数おりました——主として、指揮官をつとめているようすのやつらでございましたが」

「それはおそらく、もともとタルーが連れて逃げていた、タルー派のクムの騎士の残党

だと思うが」

「さようでございましょう。顔つきも、明らかにクムの者と思われるものがおりました」

「タルーは、こんなところにひそんでいたのか。だが、妙だな」

「え……？」

「サンガラの自由国境地帯も、あのとき、ずいぶんと捜索したはずだったんだ」

イシュトヴァーンの声がふと遠くなった。

小姓が水おけを運んできた。マルコは、手づから、小姓に手伝わせてイシュトヴァーンの血にまみれた衣類をとりさり、どうしても血にすべってほどけないひもは小刀で断ち切り、イシュトヴァーンの手足や顔を布をしぼってはぬぐわせた。何回ぬぐっても、水おけにひたすと布は恐しいまでに真っ赤にそまり、水おけをいくたびかかえなくては、なかなかイシュトヴァーンのあびた返り血を洗い落とすこともできなかった。

（この人は……どこまで血にまみれてゆくのだろう……）

マルコは、ようやく、ざっと血を洗い落として、新しいかわいた布をさしだした。

「お拭き申し上げましょうか。それとも」

「拭いてくれ」

立ったまま、イシュトヴァーンはなされるままになっている。その目はまだどこかうつろで、まるで黒蓮の粉にでも中毒して麻薬の夢に漂っている人のようだ。

だが、その顔に、いつになく満足げなもの——満たされた、妙に平和ですらあるものを感じて、そのことにマルコはちょっとぞっとした。イシュトヴァーンの戦いぶりはまさしく阿修羅のそれであった——そば近くついていて、その護衛をつとめているマルコには、もっともよくそのイシュトヴァーンの戦いぶりが見届けられている。あたるをさいわい、情けも容赦もあらばこそ、激しく切り倒し、切り払い、剣も折れよと殺戮の狂燥のなかに身をゆだねてゆく——そのときのイシュトヴァーンには、うかうかと見えない方向から近づいたら、味方であろうがマルコであろうが、たちまち切り伏せられてしまいそうな狂気がある。もうすでに見慣れた狂気ではあったが、何回見ても、完全には見慣れられるというものではなかった。

それは確かになみの人間にできる戦いぶりではない、とマルコは思う。軍神——と呼ばれるのもむべなるかな、とも思わぬでもない。それほどに、イシュトヴァーンの戦いぶりはすさまじい。どれほどいくさに熱中している人間でも、おのれが痛みを感じれば、ちょっとはひるんだり、おのれの身を守るためにひいたりするものだ。だがイシュトヴァーンにはそれがない。

彼はあるいは、いくさに、というよりも殺戮に熱中しはじめると、もう、いたみなどまったく感じなくなってしまうのかもしれなかった。現にかつて、小さな怪我ならいくたびかしているが、いたみなどは、その最中にはまったく気づいていなかったようだ。ただ、右に左に切り下ろす剣にあたる、肉を切り裂く手ごたえ、吹き上げる噴水のような熱い血、砕けとぶ骨、断末魔の絶叫——そういったものに、ひたすら魂を奪われ、先へ、先へと切りすすむことしか考えていないのだ。それはおそらく考える、というような人間的な行動とは何の縁もないのだろう。まるで、中毒患者が麻薬をむさぼるようにイシュトヴァーンは殺戮をむさぼっている。そのあいだだけ、人を殺し——それもおのれのいのちもまた危険にさらされる戦場で、人を殺し、剣をうち合わせ、のどもかれよと雄叫びをあげているあいだだけ、彼はおそろしい恍惚と陶酔を味わうことを覚えてしまい——もう、なにものも、それにかわることができなくなってしまったかのようだ。

(なんという……)

マルコは、またしてもぞっとひそかに身をふるわせた。が、口にだしてはむろん、そんなことは云わなかった。

「お食事のほうは。——お腹がおすきではございませぬか」

「いや。何も食いたくない。いや、食えん」

だがまた——

ひとたび、イシュトヴァーンの戦うすがたを戦場で目撃したものは、ある種、イシュトヴァーンのとりことならざるを得ないだろう。

ただただ、殺戮と勝利をしか——いや、もしかしたら勝利をさえもう考えてはおらぬかもしれぬ、そのすさまじい戦いぶり、血と死と悲鳴だけをあたりにまきちらしてゆく、その狂気のすがた。

それは、マルコほどにそれに見慣れてしまっていないものには、おどろくべき軍神の戦いぶり、この世に二人とない勇猛果敢の最良の戦士のすがたともうつろうし、それをして殺人狂、戦闘中毒、というようには、なかなか見て取るものはいなかろう。この時代のことである。いくさは必要悪でこそあれ、決してほめられぬことではありはしないのだ。

それゆえ、いまのゴーラではイシュトヴァーンは、それこそ軍神そのものの具現として扱われている。だが、マルコは、ヴァラキア人であるからなのか、それとも、カメロンの腹心として、カメロンの考え方を受け継いでいるためなのか、どうしても、イシュトヴァーンの殺戮と戦いぶりを虚心坦懐には見ることができなかった。

「では、新しい服をご用意させましたので。……おぐしもだいぶん……かぶとのなかにまで、血がまわっておりますが、これは洗うには少々……一応ぬぐってはおきましたが、もうちょっと落ち着いて野営できるところに参りましたら、あらためて……それまでは、ご不快かとは存じますが……」

「もういい、どうでもいい。そんなこと」

イシュトヴァーンは、しだいに恍惚たる黒蓮の夢からさめて、楽しからぬ現実に戻ってくるときがきたのを悲しむかのように、浮かぬ顔でいう。それから、おのれの手を見つめて、ちょっとおもてを輝かせた。

「ちょっと怪我をしてるな」

むしろ満足そうにいうと、手をあげて、ぺろりとおのれの親指のつけねをなめる。妙に動物じみた、その血をなめるしぐさが、浅黒い顔によく似合っていた。

「それはいけませぬ。お手あてを……」

「いい」

「いえ、しかし……」

「いい。痛むところがあると、気が晴れるんだ」

「そんな……」

マルコはまた、いくぶんぞっとしながら、イシュトヴァーンを見つめた。そのときだった。

「申し上げます」

伝令がかけこんできた。イシュトヴァーンの前に膝をつく。

「どうした。タルーが見つかったか」

「いえ、それが……いずれに逃げ込みましたものか、ようとしてその行方が知れませず

「……」

「何だと」

みるみる、イシュトヴァーンのおもてがけわしくなった。

マルコははらはらしながら見守った。イシュトヴァーンは、飲んでいた酒の杯を、大地に叩きつけた。

「そんな報告を待っていたんじゃねえ。何があっても、きゃつだけは逃がすなといっただろう。云ったはずだ」

「は、はい、あの、いま、鋭意探索中でございますが……」

「鋭意だの探索だのはもういいッ」

荒々しくイシュトヴァーンは叫んだ。

「マルコ、何をしてる。俺の胴丸をかせ」

「ただいま、これに……ど、どうなさるおつもりでございますか、陛下」

「知れたことだ。山狩りに出るんだ。お前たちを当てにしてたんじゃ、またしてもタルーの畜生に逃げられてしまう。こんどは、俺がじきじきに草の根わけてきゃつを探し出してやるんだ」

「な、なんでございますと」

仰天して、マルコは叫んだ。

「何をおっしゃいます。……ではあの、行軍は。……あの、パロへ……先をお急ぎの……」

「おい」

苛々したようすで、イシュトヴァーンはマルコのえりもとをひっつかんでひきよせた。ぬぐいきれぬ血のにおいがぷんとマルコの鼻をうった。

「よけいなことをほざいて、俺をもっと苛々させるんじゃねえぞ。いかにお前でも許さねえぞ、マルコ」

「は、あ、あの……」

「俺は、何が一番大事かはいつだって一番よく知ってるんだ。俺が一番よくわかってんだ、何もかも、な」

「は、そ、それはもちろんもう……」

「うるせえ」

イシュトヴァーンは獰猛に、マルコのからだをつきはなした。マルコもかなり鍛えた体格ではあったが、あえてあらがおうとしなかったので、イシュトヴァーンに突き飛ばされて、そのまま地面の上にくずおれた。

「お前にはわからねえんだ。大事なことは何なのかってことがな。俺はタルーのことはいつだってずーっと心のどこかにひっかかってた。いつか、こんなことになるだろうってこたあずっとわかってたさ。だから、さっきだってまるきり驚きゃしなかっただろう。ええ」

「は、はい、そのとおりで、陛下……」

「このタルーのあらわれかたは、なんかあるんだ。きゃつだけでこんな芸当をしでかすもんか。俺はどうあっても、きゃつをとっつかまえて、その背後にひそんでるやつを聞き出してやらなきゃならねえんだよ。でねえと、このあとも、思わぬときにきゃつに邪魔だてされることになる。……だいたいが、この俺様の軍勢をタルーが、たかが五千くらいで、何がどうあがいたって、とめられるもんか。だのにきゃつは、命知らずにつっかかってきやがったかと思うと、ものの三ザンばかりも戦って、部下の大半を戦死させて、あげくにとっととてめえだけ逃げだしやがった。こんな理不尽な動きをする総大将があるものか。命が惜しけりゃ、俺の前になんざ何があろうとあらわれるもんじゃねえだろうし、本気で俺をやっつける気なら、俺の軍のまず三倍の人数をひきいてくるだろうよ。それだって、無駄だろうけどな。きゃつじゃ、三倍が十倍だったっても、まず、俺がおくれをとるような心配はねえだろうよ。だが、きゃつは五千でいどんできやがった。これにゃ、必ずなんかある――なんかあるったらなんかあるんだ。そして、その逃げ出すのも、まるで俺をおびき出そうとしてるみてえじゃねえか。俺をおびき――」

ふいに、イシュトヴァーンは動きをとめた。

マルコはぎょっとしながらイシュトヴァーンを見つめた。

「あ、あの」

「うるせえな」

イシュトヴァーンは、ふいにニヤリと笑った。

凄愴な笑いであった。まだ、髪の根や皮膚の一部にぬぐいきれぬ返り血がにじんで、いっそう凄惨にみえた。

「そうか。それもあるな。俺をおびき出す――まず俺におそいかかってさんざん俺を怒らせ、それから、さっと姿を消して、俺をおびきだす――そいつが、きゃつの手か」

「陛下!」

いくぶんほっとしながら、マルコは叫んだ。

「まさに、そうです。そうに違いありません。……その手に乗られてはなりません。陛下おんみずからの山狩りは、どうか……」

「確かにな」

イシュトヴァーンは獰猛に、高い細い鼻梁から鼻息をふいた。

「俺が自分で出てゆくのはやめてやろうよ。なるほど、そいつがきゃつの――いや、きゃつを使ったやつのねらいかもしれねえわけだ。よし。だが、きゃつをとっつかまえないわけにゃいかねえぞ。そうときまればなおのことな。――おい、マルコ、伝令を出せ。

ここで野営の用意だ」

「ええッ」

「何を驚いてる。俺はきゃつをとっつかまえるぞ。きゃつがつかまるまで、ここに腰をすえて、あの野ウサギ——ってほど、可憐なもんじゃねえな。あの野ブタの野郎を必ずあぶりだしてやる。それまで、ここの山中から動くもんか。断じて、動かねえぞ、俺は」

第二話　劫　火

1

「陛下」

ワルスタット侯ディモスが、嬉しそうに近づいてきて声をかけたとき、グインは、何を考えていたのか、一瞬返事をしなかった。

それから、はっとしたように豹頭をあげる。

「おお、すまぬことをした、ちょっと考えごとをしていた。なんだ」

「たいへん、長い道中お疲れさまでございました。あれに見えますのが、わたくしの居城、ワルスタット城でございまして」

「おお」

ワルスタットは、ケイロニアの十二選帝侯領の最南端にあたる。

ワルスタット城は、ワルスタット侯領のちょうどまんなかあたり、なかなかの偉容をはなつ堂々たる平城である。さらにここから半日弱、南へ下ると、まさにケイロニア南の守りのかなめ、ワルド城が堂々とそびえたっている。

対パロ防衛を意識して作られただけに、辺境にあるとはいえ、ワルド城のほうが、ワルスタット侯の居城たるワルスタット城よりもさらに立派である。だが、その立派と堅牢とは完全に、戦闘上の目的にのみむけられたもので、むろん居心地でいったらワルスタット城がまさるだろう。ワルド城はまた、かつてのワルド族の王国の首都として、さまざまな伝説をも持っている、吟遊詩人好みの城でもある。伝説は、この城を中心に栄えていたワルド小王国の、ふしぎな物語をいろいろと伝えているのだ。現在のワルスタット侯家は、このワルド王国の子孫ではない。パロの血を得て、ケイロン民族があらたな領主として設定した選帝侯である。かつての「小王国時代」と呼ばれる大昔には、最大の王国ケイロンをまんなかに、無数の小王国が乱立し、ささやかな覇をきそったり、互いにいくさを繰り返したり、栄枯盛衰を綴っていたのだ。それが、ケイロニアにはいまだに、統一以前のさまざまなサーガとして語り伝えられている。

なかでも、自由国境地帯に面していたこのワルドと、そして北の辺境には、古い物語とサーガが数多い。だが、それは、いま、ワルスタットに入ろうとしているものたちには、まったく思い出されるゆとりもなかった。

ケイロニア王グインひきいる軍勢は、南北に長いケイロニアをひたすら南下し、ササイドン砦、ヤーラン、タヴァンをこえ、そしてとうとう、ワルスタット城に到達したのだった。このあと、さらにワルド城に入り、南北いずれにせよ動きやすいそこを当面の拠点としてしばし、中原の情勢をにらみあわせつつ、こののちの行動の方針を最終的に決定しようというのが、グインの当面の計画である。

いや、より詳細にいうなら、ワルド城にはゼノンとディモスを残し、グイン自身は、みずから別働隊となって、そのままパロの北西の自由国境地帯から、サラミスの側へ迂回して、カレニアの神聖パロ帝国領へ入るつもりであった。あまりに多くの軍勢をひいてゆくのは、かえって新旧パロ軍を刺激することになるだろうと考え、主力はワルド城に残し、ガウス准将率いる特殊親衛隊、竜の歯部隊とごく少数の選び抜かれた精鋭の黒竜騎士団のみをひきいての別行動の予定である。

目指すはむろんマルガ、カレニア政権の領袖、神聖パロ聖王を名乗るアルド・ナリスとの会見である。すでにグインのうちには、キタイの侵略への懸念は存在しているゆえに、そうとはまだ誰にも明らかにせぬにせよ、レムス政府と結ぶ可能性はグインの心の中ではほぼ完全にありえなかったが、しかしそれがただちにカレニア政府に対する支援となるかどうかについては、グインは同行した参謀たちにも、あまりはかばかしく胸のうちをあかそうとしなかった。こののち末永くケイロニアの運命を決するかもしれぬ、たいへん重大な問題であるだけに、彼自身もきわめて慎重になっていることが察せられた。

が、ケイロニア軍には、豹頭王グインに対する全面的な信頼がある。おのれらの去就については、すべて、どのような結末になろうともグインにゆだねておけばよいこと、とみなして、平穏でゆたかな美しいケイロニア南部を南下してゆくこの行軍は、ケイロニアの精鋭たちにとっては、むしろこよない楽しみの旅のようでさえあった。

ことに、はじめて、グインをおのが居城に迎えるワルスタット侯ディモスのはしゃぎようは、なかなかのものであった。もともと、ランゴバルド侯ハゾスの親友である彼は、ハゾスがしょっちゅう、何回かグインをおのがランゴバルド城に迎えた経験を自慢たらたらで語るのを、ねたましく思っていたのだ。

「一足先に戻りまして、いろいろと王陛下ご来臨の盛大なご歓迎のご用意をさせていただきたかったのですが……国をあげての――このような機会はいつまたあることやらわかりませぬし……めったにないことでございますから。それに、このあたりは、ケイロニアでも、有名な穀倉地帯、ゆたかなところでございますから、なんにせよ、おもてなしの材料にことかくということはございませんで……」

旅のあいだじゅう、ディモスは浮き浮きとして、ひたすらおのれの領土に国王を迎えるときを待ち焦がれているようすだった。

「俺は、しかし、巡幸の旅に出ているわけではないからな、ディモス」

グインは笑った。ハゾスならば、さきほどの放心にふっとグインらしくもないものを感じて、もしやして残してきた新婚の花嫁の上に思いをはせているのではないかと、胸をいためたかもしれぬ。

さいわいにして、というべきか、ディモスは、ハゾスが「ああいう人柄ですから」と陰口をたたくくらいに――それもむろん、親友なればこその情愛のたまものには違いなかったが――それほどに、ひとのようすに気のまわる人柄ではない。

もっとも、パロのうるさがたでもあれば格別、ケイロニアの人びとにとっては、多かれ少なかれ似たような弱点は存在していたので、かえって、ディモスのその気のまわらなさや、多少のどんくささ、目から鼻にぬけるほどでもない、というおだやかで実直な気質は、グインにとっては気にならぬばかりか、時にはかえって心をやすめてくれるものでもあった。あの、シルヴィアとの、心をいためる日々のあとであればなおのことである。

「おお、ワルスタット城か……」

ワルスタットは、選帝侯領のなかでも一、二の富裕を誇る土地柄である。気候も、ケイロニア最南部とあって、比較的おだやか、山間部は別として、ケイロニア北部のように深い雪にとざされる期間が一年のうちの半分をしめる、などということもない。パロからの貿易ルートの最大のものを持っているのと、また牧羊と農業によって、ワルスタットはゆたかであった。

その上、ディモスの妻、ワルスタット侯夫人アクテは、ケイロニアの長老アンテーヌ侯アウルス・フェロンの息女である。その願ってもない良縁と、それによるおだやかで仁慈にみちた統治とを得て、いっそうワルスタットは栄えている。

ここまで下ってくる途中の赤い街道でも、皇帝直轄領の南部、タウロス平野からワルスタット丘陵地帯にかけて入ってくると、両側に美しい町並みが見えて来、また青々としげった牧草地や果樹園、よく手入れのゆきとどいた畑地などもひろがっていて、ひと目で、ゆたかで平和な地方にこの軍勢が入ってきたことを感じさせた。

赤い街道も、ワルスタット街道はケイロニアとパロを結ぶもっとも重要な街道であるだけに、たいへんよく整備され、宿場宿場もきわめて発達しており、そして広くきちんと舗装の手入れもゆきとどいた赤いレンガ道が網の目のようにのびている、非常に発達した交通網となっている。その両側には果樹がずっと植えられていて、その果実は旅人たちの自由にとって食べるにまかされていたし、何モータッドかおきに、道の両側に、屋台の店が並んでいて、食べ物や飲み物や旅行の必需品を商っていた。同じ赤い街道の旅でも、サルデスの旧街道とほぼ平行しているとはいえ、ワルスタット街道のほうが、一日の通行量は十倍ではきかぬくらいだっただろうし、安全さも、快適さも比較にもならなかっただろう。毎日のように、パロとサイロンを結ぶ飛脚便、荷物、商人の車が往来し、たくさんのお金を同時にまた落としてゆく。それも、ワルスタットをゆたかにしている。だが、ひとの心はのどかで、パロの血が入っているので人々は美しいものが多い。ワルスタットのことを、「ケイロニアの中のパロ」と呼ぶものもいるが、また「ケイロンの南の楽園」とも通称されていることが、この選帝侯領を象徴しているといえる。

その、平和で緑多い、美しいワルスタットの南には、ワルド山地がひろがっている。これも、部分的にはずいぶんと突兀とするとはいえ、それほど険しくもない、それにぬけるための峠道もきちんと発達した山道だ。伝統の大国パロと、世界一の強国ケイロニアを結ぶ幹線道路であるだけに、山道といえど長年のあいだにこつこつと切り開かれて、峠もかなり広くなだらかになっている。

ことに、パロとケイロニアが何回か不可侵条約を結んで一応の平和を樹立してからは、さまざまな民間の早飛脚や伝令、国家どうしの連絡などもあって、一日中、行き来のたえるいとまもない。

それも夜になれば終わる——さすがに、国境近くなればもうちょっとは警戒もきびしくなるし、山地に入ってあたりのながめもけわしくなってくるのだが、ワルスタット城のあたりは、まだそこまではゆかず、この美しくゆたかなワルスタット侯領のなかでもきわだって、平和でゆたかで、眺めの美しいところとして知られていた。赤い街道にずっと沿うようにして、青々とした川がのびているのは、ワルワラ川である。

「ワルスタットは、美しいところだな、ディモス」

グインは賛辞を呈した。ディモスは嬉しそうだった。

「有難うございます。陛下にそういっていただくといちだんとわが領地が自慢になります」

「それに、ワルスタット城——わたくしは、つねにサイロン詰めでございましたので、はじめてこのたび拝見いたしましたが、うかがっていた以上に——たいそう、みごとなお城でございますね」

朴訥な驚嘆の声をあげたのは、グインのかたわらで粛々と馬を歩ませていた金犬将軍ゼノンであった。むろんもう、都を出るときのにぎにぎしい正装はいずれもとりはらい、もっと楽で頑丈な、行軍用の上下になっている。

ゼノンがそういうのも無理はなかった。さえざえと深い緑のゆたかな広葉樹林を背景に、さらにそのむこうにはワルド山地のなだらかな山々の稜線を遠景にしてそびえているワルスタット城は、ワルド城よりも小作りだとはいうものの、威風堂々とした、美しい端正な城であった。

それは様式的には新カナン様式を踏襲する、白壁に赤レンガの先端の細くそりかえった屋根をもち、両翼と後ろ側にはさきのひどくとがった美しい尖塔をかかえ、そのまんなかにケイロンふうの窓飾りがついた三階建ての城館が、尖塔に抱き込まれるように中庭をとりかこんで建っている、決して装飾過多ではないが豪奢で優美な建物で、まわりの緑に定期的に塗り直されるのだという白亜の壁と赤い屋根とがくっきりと映えていた。その、いくつかのあずまやのある中庭と、さらにその前にひろがっている前庭はいずれもきれいに整備された庭園になっていて、その両側にうまやと、ややたけの低い騎士たちの館が左右対称で門衛然と並んでいる。ケイロン様式の重々しく巨大なサイロンの黒曜宮を見慣れた目には、びっくりするほど明るく、そして華やかにして素朴なおもむきも持つパロふうのかおりも感じさせる建物である。

「何もない田舎ですが、パロが近うございますので、あれこれと洗練された品物は手にいれやすうございまして。——いずれにもせよ、私どもワルスタットの民は、よかれあしかれパロの影響は多少受けております。ことに生活の面につきましては……とはいうものの、精神面においては、あくまでも、私どもはケイロニアのもっとも忠実なる精神の権化であると自負いたしておりますのですが」

得意そうにディモスが説明した。

かれら一行が中庭で馬をおり、巨大な玄関の階段をあがっていよいよ美しいワルスタット城館に入ると、天井の高い入り口のホールまで、迎えに出ていたのは、つつましやかなアンテーヌ侯の息女、ワルスタット侯夫人のアクテだった。

アクテはゆたかな金茶色の髪の毛を三つ編みにしてきっちりと頭の両側に、耳をかくすようにぐるぐるとまきつけ、その上からきれいなほそいレースの網をかぶせて髪の毛をきちんとおさえていた。そのレースの網のところどころに真珠がぬいとめてあるのが唯一の装飾であった。

素朴な生成りの長い古風なドレスに一見して手編みとわかるショールをかけて、首にも耳にも装身具ひとつつけていない、化粧っけもないいかにもつつましく美しい大柄な女性で、たぶんケイロニア人の思い描く理想の女性のひとつの典型だっただろう。唇に紅もさしていなかったが、肌の色は健康的なバラ色で、唇もぽっと血の色がさしてきれいであった。

そのゆたかなスカートにまつわりつくようにしているのは、ディモスの四人の子供たちで、その上にさらにアクテは五人目をみごもっているようすだった。

「いくさのご出陣のためと申しながら、思いがけなくケイロニア王グイン陛下のご来臨をたまわりまして、このワルスタットにとりましてこれほどの光栄はございません」

アクテ夫人は、すそをからげて、身分の高い貴婦人らしいしとやかなしぐさで国王への礼に膝をつき、つつましやかに挨拶した。さすがに親子だけあって、アンテーヌ侯アウルス・フェロンによく似ていたが、美少年で知られるアウルス・アランの、かなり年のはなれた姉でもある彼女は、宮廷でもてはやされるような華麗な美女というのには、少々頑丈すぎ、繊細なところや洗練されたところは欠けていたかもしれないが、その分いかにも家庭的で、そして聡明そうで、おだやかであった。偉大な父の灰色の剛毅な目と、そしてしっかりとした古代の神の彫像のような端正な顔立ちを受け継いでいたが、女らしいものやわらかさやしとやかさが、その頑丈さを著しくやわらげていた。

「さあ、みんな国王陛下に御挨拶するのです。——陛下、ワルスタット侯の子供たちでございます。いまだ年がゆきませぬので、長男以外、まだサイロンにのぼらせて皇帝陛下にお目見得したこともございませんが、来年あたり、思い切って下二人をのぞいて、連れて参ろうかと思案いたしております。こちらから、長男のマイロン、八歳になります。長女のイアラ、次女のサーラ、次男のラウル、三男のユーミス、そしてここに」

アクテはかすかにほほを染めながら笑って、おのれのちょっとせりだしてきているおなかをおさえてみせた。

「四男か、三女がおりますの。いずれも、国王陛下のもっとも忠実な臣下でございます」

「これはこれは、実によい子持ちでおられる」

グインはやさしく云った。いずれワルスタット侯をつぐべき長男のマイロンは、太陽侯といわれるほどの美男子の父親におかしいくらいそっくりで、いずれさぞかし黒曜宮の若い貴婦人たちを騒がせるだろうといまから思わせる、いかにもケイロニア人らしいしっかりとしたからだつきの、目のくりくりとしたかわいい少年であった。とても目の大きなあどけない三男坊はまだ一歳になるならずというところで、いくぶんこわごわと、そこならば何があっても安心とでもいうかのように、優しい母親のスカートのかげから、グインの豹頭をまじまじと見守っていた。二人の幼い娘たちも、同じように髪の毛をおさげに結び、きれいな洗い立ての白いエプロンをかけて、かわいらしくて清潔で、この上もなく愛らしかった。次男のラウルはおそらく四歳くらいだろう。この子だけが、やや先祖返りとでもいうべきか、美しい金髪の一家のなかで、一人だけ濃い色の髪をしていたが、これもかわいらしくて、ほっそりとしてなかなかきれいだった。いくぶんうれいをはらんだ表情が、これもいずれはさぞかし宮廷を騒がせる美少年になることだろうといまから思わせるのだ。

一歩ワルスタット城のなかに入るなり、平和と家庭的な幸福と、秩序と、そして、面白おかしくはないけれどもあたたかく実直な満足のようなものが、ここちよい湯のように人々をひたしてくるのが感じられて、そんなものと無縁なゼノンでさえ思わず目を細めたくらいだった。気恥ずかしいほどの平和とおだやかさと安寧が、この城館の全体に漂っていた。

それに、これほどに家庭的な侯爵の館というものは、ほかの国、いや、ほかの選帝侯家でもなかなか探し出すことは困難だっただろう。賓客の到着を迎えるなり、さっそく、

アクテ夫人は国王をもてなすために、自ら茶道具をとりにいって、きのうから自分で焼いてあったという軽食をならべはじめたし、幼い娘たちも、侍女たちも一緒になってその支度を手伝った。

グインは目を細めて、用意された大きな椅子にかけてその家庭的な光景を眺めていた。

「これは、まったく、いったい我々が何のためにワルスタットにまで下ってきたのかを忘れさせてくれるような幸福きわまりない情景だ」

グインは満足そうにいった。ディモスはこの上もなく嬉しそうであった。

「妻は、こう申しては何でございますが、大きな図体はしておりますが、とても内気なたちなのでございますよ。陛下。と申しますか、私ども一家はみんな、不器用で内気で、田舎者だという劣等感を持っております。ですから、サイロンでは、どうもあまり幸福ではございませんが、ここではおおむね幸福にやっております。パロには近うございますが、ワルスタットは田舎で、ごく平和な農村ばかりしかございません。この何年、いや何十年、もしかすると父の代から長いあいだにわたって、ワルスタットでは、大きな争いや悲惨な事件などは一回もおこったためしがございません。悪さをするのはみな、街道からやってくるよそものばかりですが、それもワルスタット侯騎士団の治安がゆきとどいておりますから、盗賊も山賊も強盗もおりません。ワルスタットでは、戸をあけたまんま眠っても、女が犯されることも、品物が盗まれることもない、というのを皆が自慢にしております」

「ほう」

「妻のアクテはもともとはアンテーヌの大都市ギーラで生まれ育っておりますが、にぎやかな暮らしにはどうしても馴染めず、ここにきてはじめておのれにあった暮らしを見いだしたとずっといっております。自ら粉をこねてパンを焼き、手ずから可愛がって育てている牛の乳をしぼり、子供たちの服も自分で縫って作るような生活が、本当にアクテのしたかったものなのだそうで……わたくしも、もともとが不器用で朴念仁とよくハゾスにからかわれるどうしようもない田舎者でございますから、サイロンではいつもこう見えて心のやすまるときがございません。ここに戻ってまいりますと本当にほっといたします。そして、やはりサイロンはせちがらいなあと思うのでございますよ、陛下」

「そうか」

グインは笑った。確かにディモスは、その美貌にもかかわらず、サイロンでみなに太陽侯の、サイロンきっての美男子のともてはやされているときよりも、こうして、家族に囲まれてにこにこしているときのほうが、ずっと幸せそうにみえたし、満足そうでもあったし、似つかわしくもあった。サイロンでは彼はおのれの気のきかぬのを気にかけてあまり先にたってしゃべることをせず、もっと能弁な友人のハゾスのあいづちをうつことが多かったが、ここでは見違えるようによくしゃべった。神の気まぐれともいうべき、彼の顔立ちの造型の美しさは、このおだやかで幸福そうな家族のなかでは、まったく目立ちもしなかった。そのほうが、彼にとっても本当はずっと幸せだったのだろう。

「よいご家族でございますねえー！」

うら若いゼノンが思わずうらやましそうな声を発した。

「わたくしは、まだまだ当分陛下のおんために身を捧げて働くばかりで、妻をめとるの、家庭をどうのなど、考えたこともございませんでしたが、このような情景を拝見していますと、なんだかうらやましくなってまいります」

「夫は、サイロンから戻ってまいりますと、寿命が一年分のびるようだと申しておりますわ。まあ、陛下、でもそれは、陛下のおいでになるサイロンにいるのが、いやだというのではないんでございますけれども……まあ、どうしましょう。私、よけいなことばかり」

「ほら、だから、あまり、わたしたちは喋らないほうがいいんだよ、アクテ」

ディモスが困惑したようにいった。だがその目は笑っていた。

「お許し下さい、陛下。こんな者たちで、口のききようも——みやびないいまわしも、気のきいたことばも何も存じませんのです。いつもはサイロンでは、ハゾスにずいぶんと助けてもらってはおりますが、そうでなければ、私などもずいぶんと、舌禍事件を起こして悲しい思いをしているに違いありません。パロの血をひいているくせに、私たちは、上手なお世辞もたくみな弁舌も持っておりませんので」

「そのようなものは、必要ではないさ、このケイロニアで生きている限りはな」

グインは笑った。そして、アクテが給仕してくれたうまい熱い、牛乳でいれた香り高い濃い茶をうまそうに飲んだ。

「これはうまい。からだがしんからぬくもるようだ。こんな茶があれば、どのような酒も不要だな」

「お茶はパロから素晴らしいのが、クム産のが参りますので」

ディモスは云った。そして、あたふたと立ち上がった。

「しかしこんなことをしていると、何をしにきたか忘れてしまいそうで。……失礼して、陛下、陛下のご滞在の準備がつつがなくできているかどうか、見て参ります。本当はこちらでゆっくりなさっていただきたいのはやまやまですが、陛下はもう、あすにはおたちになってワルド城に入られるのですから。せめて今夜一晩なりと、アクテの手料理をおなかいっぱい召し上がっていただきたいもので。何もございませんが、アクテのやつは、長い時間をかけて煮込みを作るのだけは、妙にうまいのですよ。あれは辛抱さえあれば、腕前がなくとも確実においしくなりますのだそうで。私はわかりませんが、家内がそう申すのでございます」

平和な、ワルスタットの一夜が、ぬくもりと、そして素朴な豊富な料理とあたたかな笑い声のうちにすぎていった。

長旅に疲れた将兵たちも、それぞれにワルスタット城の一室に寝床をあてがわれ、ふんだんな食事と酒をあてがわれて、しばしいのちの洗濯ができる、といった風情であった。ケイロニアの国内を行軍しているかぎり、まして国王の軍隊が、食料に困ったり、あまりにも厳しい状況で野営することになるような可能性はまずなかったが、それでも、やはりこのような清潔で豪奢な城館でやわらかなベッドに寝泊まりできるのは、すでに何日も行軍を続けてきたものたちには、限りなく嬉しいことだったのである。

ワルスタット城に一泊したのち、グインは予定どおり、ただちにワルド城にむかって出発した。むろんワルスタット侯ディモスも、ワルスタット侯騎士団をひきいて、同行した。アクテと子供たちの手厚いもてなしをうけ、手作りの弁当までも持たせてくれるようなあたたかな心づかいに見送られて、グインの軍はいよいよ、ケイロニア－パロ国境の防衛のかなめ、ワルド城に入ったのである。

ワルスタット城からワルド城まではごくごく近い。そして、ワルスタット城を出るとにわかにあたりは山地となり、赤い街道はしだいにのぼり坂となってくる。さらにワルド城のあるあたりまでのぼれば、もうそこからワルド山地の自由国境はすぐだ。

「陛下、ようやく到着いたしましたな」

最近やっともったいぶった口調が板についてきたアトキアのトール准将が、グインのかたわらで云ったとき、かれらはワルド城を見下ろす峠の頂上に立っていた。ワルド山地の峰々をこえる前に、いったん、道は峠になって高くなり、それからその下にワルド城がそびえ、そしてそのむこうに本当のワルド山塊の山々があらたなけわしい山道をかたちづくってゆく。

「しばらく、ワルド城にご滞在になられますので」

「ああ、そのつもりだ」

グインはトパーズ色の目を光らせて、ワルド城を見つめていた。ワルド城は、平和なゆたかな城館、といった印象のワルスタット城とはことなり、パロ国境から敵が入ってきた場合にそなえるべく、ありったけ堅牢に作られている。巨大な物見の塔がいくつもそびえ、ものものしい防壁が築かれ、灰色の頑丈なレンガで作られていたせいもあって、光あふれるワルスタット城とはうってかわった、いかにも物々しい実戦向きの砦、という感じだ。

「陛下」

ひと足さきに、一行を迎える準備のために早朝に城館を出発し、ワルド城に入っていたディモスが、大柄な年輩の武将をともなって戻ってきた。

「ご紹介いたします。……ワルド城の城主として、国境警備隊をひきいております、ワルド男爵ドースでございます。わたくしとはまたいとこにあたりまして、ワルスタット侯家の一族でございます。一度、かねて、陛下にお目通り、御挨拶させんものと、サイロンにのぼらせたく思っておりましたが、いまだその機会を得ぬうちに陛下ごじきじきのおいでをお迎えすることになりまして恐縮いたしております」

「ワルド男爵ドースでございます」

ディモスのまたいとこだという城主は、興味にたえかねるようすでグインを見つめていたが、剣をぬきはなち、急いで剣の誓いに差し出した。

「このたびは、ケイロニア王グイン陛下をこのような田舎のワルド城にお迎えすることができようとは……夢にも思わざりし光栄のきわみとして、このドース、申し上げることばもございませぬ。陛下のご戴冠の式典にも、むろん、参列いたしたきはやまやまではございましたが……パロでの情勢もなかなかにすておくべからざるものがございますれば……この地の守りをおろそかにすることもいたしがたく……サイロンにはせのぼって忠誠の誓いをたて得ざりしこと、まことにもって、……残念至極……」

「ドース男爵、重大なるお役目ご苦労に存ずる」

グインはおおように笑いかけた。

「ワルド城はケイロニア南の守りのかなめ、同じく北のかなめたるベルデランド侯爵も、お役目あまりにも重大につき、サイロンへもめったにみえられぬ。日頃の辛苦のほどにこそ、むしろケイロニア王としてあつく礼を申し上げねばならぬ」

「とんでも……とんでもなきこと……」

ドースも、ディモスにつらなる一族らしくいかにも朴訥で、武人らしい印象の、がっしりと大柄なワルスタット人であった。少なくとも、パロの血が混ざり込んでいるにせよそれはディモスほど表面にはあらわれていなかったのは確実であった。

「しばし、世話にあいなる。もっともその間に、俺はおそらくひとたび以上はパロ国内に出向することになろうとは思うが、これにともなった副将ゼノンほかの遠征軍は、当面ワルド城にとどまらせることになろう。大勢で、ご造作をかける。あいすまぬな」

「何をおおせになります」

ドース男爵は浅黒い頬を紅潮させた。

「これこそワルド城にとりましては、開城以来の光栄でございます。ここにおいでのかぎりは、ここを我が家とおぼしめして、将兵の皆々様もおくつろぎいただけますよう。まずは、陛下にワルド城にお入りいただきたく存じます。つたなきかぎりのおもてなしではございますが、酒肴もととのえ、お待ち申し上げておりますれば」

2

ケイロニア王グインと、副将ゼノン、そしてワルスタット侯ディモスのひきいる精鋭八千は、ワルド城に入った——人数が減っているのは、補給部隊として後衛をつとめる、白象騎士団とそれに所属する歩兵たちが、ワルスタット市でとどまっていたからである。

ワルド城は山城で、また国境警備のためにたてられた砦であったので、一応その周辺にワルドの町が城下町としてひろがってはいたものの、当然ながら現在のワルスタット市にくらべればそれははるかに小さく、つつましやかな町であった。

また、肥沃な平野に位置するワルスタットと異なって、山中であるワルド町では、食料の供給もすべてワルスタットからの輸送になる。それゆえ、急場の出動の必要のない部隊は、ワルスタットどまりとしておかれたのである。どちらにせよ、ワルスタットからワルドは馬でゆっくりといって半日、急げば三ザンといたって近い。急をきいてからの出動でも、準備さえしてあれば、道も整備されているし、充分に間に合う距離なのだ。

グインが側近としてワルド城に同行したのは、竜の歯部隊一千全員、黒竜騎士団の二個大隊二千、金犬騎士団一個大隊一千、伝令の飛燕騎士団一千、そしてワルスタット騎士団の精鋭三千であった。だがそれだけでも、ワルド城をいっぱいにするには充分すぎるくらいだった。ワルド城は国境警備のため、つねにかなりの兵力がおかれている砦であるから、決して小さな城ではなかったが、ワルスタット、ダナエの両騎士団をすでに迎えている。そこに一気にさらに八千人の客がふくれあがったのだ。さらにその半分以上が騎士であるから、馬をともなっている。ワルド城のもろもろの設備ではその将兵の食料をまかなうのも日数的に限度があろう。グインは、ディモスとはかり、砦からちょっとはなれた、ワルド町にも兵を一部わけて駐屯させたが、それでも、さしも広いワルド城じゅうが一気に兵隊でふくれあがった感はいなめなかった。

「窮屈な思いをさせてすまぬな、ドースどの」

グインは笑いながらわびた。

「どのくらいかかるものかわからぬが、あまりワルド城に迷惑をかけすぎるようなら、おいおいに、城から出して野営させる方向も考える。だが、ともかくはあまり長逗留になっては食料の備蓄にもさしさわろう。極力、迷惑をかけぬようにと考えているので、遠慮なく、入用の費用があったら申し出られたい」

「お心づかい有難うございます、陛下。おそれいります」

ドースは、戴冠式には参列できなかったし、ずっとワルド城づめであったので、国王と対面するのはこれがはじめてであったが、すでにグインに傾倒し、あらたにケイロニア王への忠誠の思いをつよめたようであった。

「将兵のかたがたにも、ゆっくりお休みいただけるだけの部屋を提供できなくて、まことに恐縮であります。が、おおよそのめどとしては、どのていどの長さ、ご一行はご滞在になられるのでありましょうか？」

「じっさいに踏破してみて、ワルスタットからワルド城が思いのほか近いことにやや安心した」

グインは地図をながめながらうなづいた。

「この距離ならば、伝令をすみやかにとばすことができれば、かなりの速度で増援を要請できようと、予想がついたので、今後の動きも考えやすくなった。当分は、ワルド城を足場にして動かねばならぬと思うが、いずれにせよ、ちょっと落ち着き次第カレニアのアルド・ナリス政府と連絡をとり、俺はパロ側の自由国境地帯に進出する。そのさいには、竜の歯部隊と伝令部隊の半数のみともなう予定だ。ただし後衛を黒竜騎士団に護衛させる。そして、自由国境の状況をみつつ、黒竜騎士団の大半を南下させ、国境をこえさせるように考えている。ディモスには、ワルスタットに戻ってもらい、情勢を見てもらうのがよろしかろう。ワルド城で待機になるのは、ゼノンの部隊ということになろうかと」

「なるほど。かしこまりました」

「わたくしは、ワルド城でおまちすればよろしいので」

ゼノンがちょっと不服そうにいう。

「わたくしも陛下におともして参ってはいけませんので」

「そのうち、ただちに呼び寄せることになろうさ、ゼノン」

グインはちょっと謎めいた笑いをもらした。

「いや、それも……思うよりもずっと早いかもしれぬ。ともかく、ワルド城からいつでも動けるようにはたえず用意しておいてもらわねばならぬ。——さらにこれで、サルデス侯騎士団や、その上の出動を要請することになるようなら、これはもうかなり……」

「かなり、何でございますか」

ハゾスならぬディモスには、グインが途中でことばをにごしても、そこで察して追及をやめるだけのこまやかさはない。グインはちょっと笑った。

「長期の戦さになるだろう、ということだな。そうならぬことをルアーに祈っているが。できることなら、俺もあまり長いことサイロンをあけたくはない」

「それはもう、もちろん……」

「まずは、だが、あちらの動き待ちというところでこちらからはあまり何も仕掛けられぬのが、もどかしいところかもしれぬな。だが、それほど長く待つ必要もないだろう。

あちらは魔道の国だ。われわれの動きも、すべて、筒抜けだろうからな」

グインのいうとおりであった。

グイン軍はさほど長く、ワルド城でまつ必要もなかった。グイン軍主力がワルド城に入って、一日たたぬうちに、「パロ魔道師ギルドの一員」と名乗る密使が、ワルド城の城門に正式の使者の証明を持って、登場してきたからである。

「まるで幽霊のように、黒づくめの魔道師が城門の外に突然あらわれ、名を名乗って陛下へのご面会を求めております」

門衛からの報告をきいて、グインは笑い出した。

「なるほど、魔道の王国だけのことはあるな。密使も魔道師ならば、《閉じた空間》とやらいうくだんの術で、いたって早く出没できるというわけだ。よかろう、通してやれ。魔道師ならば、本来なら一気にこの本丸に出現することもできるのだろう。それをせぬのは、使者としての礼儀を守っておるのだろうからな」

「恐れ入ります」

ワルド城でグイン王の滞在所として提供された、本丸の奥の広間に通されてきたのは、まさしく、黒い長いフードつきマントをつけた、中原では誰もが見慣れている魔道師のあやしげなすがたであった。

これはしかし、パロ国境に近いとはいえ、ケイロニアの国内であるワルスタットの人人には、決してパロの人々ほどに見慣れているわけではなかった。ケイロニアでは、サイロンのタリッドのまじない小路のようなあやしげな場所もあれば、魔道に対しても、草原のように毛嫌ったり、まゆつば扱いすることはないけれども、それでも、決してパロのように魔道が日常茶飯として受け入れられているとはいえない。むしろ気質的には、ケイロニア人たちは魔道のような、隠微なものはどうしても好かないのだ。

「ケイロニア王グイン陛下のご寛大なるお心によりまして、じきじきのお目通りをたまわりますこと、恐懼千万にございます。お初にお目どおりいたします、わたくしはカレニア、神聖パロ王国初代聖王、アルド・ナリスの代理のものにて、上級魔道師ギールと申すものでございます」

魔道師は、ていねいに、床に平伏して名乗りをあげた。大広間の、奥の一段高くなったところを御座所として、グインのための巨大な椅子をおき、その両側に椅子をならべて、ワルスタット侯ディモス、金犬将軍ゼノン、黒竜将軍トール、そして飛燕騎士団のツールズ准将、むろんワルド城主ドース男爵、とこの遠征軍の指揮官たちが座っている。

「ギールどのか。して、早速だがお使いのおもむきは」

「はい。……ケイロニア王グイン陛下に、かならずじきじきお目通り願うように、とのご命令をうけまして、わが聖王アルド・ナリスよりの親書を持参いたしております」

「拝見しよう」

グインは、パロの悠長な礼儀作法にはこだわっておられぬ、というように、おのれでつかつかと椅子からおりてギール魔道師に歩み寄ると、魔道師が両手でうやうやしくおしいただくようにして差し出している、黒塗りの細長い親書の箱を受け取った。そのまま、それを無造作にひらき、中身をひろげた。

「機密に、というご指定ではないようだな。わが信頼する諸侯の前で読み上げて大事あるまいな」

「は。……この文書は、カレニアの神聖パロ帝国より、ケイロニア国王陛下への、正式のお願いの書状でございますれば」

「ふむ」

グインはさらさらとその書状を読み下してうなづいた。特に驚いたようすもない――というよりも、それこそが、グインの待っていたものだったのだ。

「まことに、すばやいご対応だな。さすが、アルド・ナリスどのだ」

グインは云った。ギールはうやうやしく頭をさげる。思わずディモスとゼノンは身をのりだした。

「カレニアからは、どのように――？」

「俺がサイロンを進発し、兵をひきいてワルスタットに下ってきたことにつき、その意図をおたずねしたい、ということと、また、現在のカレニア政権の窮状をご理解いただき、わが軍にご助力を願いたい、そのための条件提示ないし、交渉をさせていただけるための機会を、どのようなかたちであれもうけていただけぬか、というお申し入れだ」

グインはあっさりといった。

「ギールどの。俺もケイロニアの人間なのでパロ流のまわりくどい言い方はできぬ。この場で単純明快にお答えするが、俺のこのたびの遠征は、パロ国内の内乱看過すべからず、中原の秩序安寧を乱す大乱となる前にこれを鎮火したい、と考えてのこと。それゆえ、俺のほうこそ、アルド・ナリスどのとのご面会に何の異存もないどころか、こちらから面会を申し出るべくまもなくケイロニア国境をこえるつもりであった」

「かたじけなきかぎりのおおせ、わがアル・ジェニウスがききますればどのように喜びますかと」

「だが、俺のほうからもひとつ問いたいが、現在アルド・ナリスどのは、失礼ながら、寝たきりのおからだの上に、先日、なにやら、ご逝去の報が全中原に流れた。それについては」

「あらためまして、そののちに、中原諸国宮廷、政府にはご説明の親書をさしあげております。そちらはお目通しいただいていることとは存じますが、わがアル・ジェニウス、アルド・ナリスの、先ほど流れましたる逝去の報は、誤報にはあらず、ジェニュア郊外ルーナの森におけるたたかいの窮地を切り抜けんがための作戦による佯死でございました。もろもろ情勢が切迫しておりましたにつき、なんとしてもその場を切り抜け、アル・ジェニウスをカレニアに無事落とすことが必要でございましたので、敵がたの油断をつくべく、宰相ヴァレリウス魔道師がたくみました苦肉の策にてございます」

「なるほどな」

グインのトパーズ色の目がふしぎな底知れぬきらめきを帯びて、魔道師にむけられた。

「俺は、むろんその場の状況を詳しくは知らぬ故、ヴァレリウスどのがそれが必要であろうと判断されてたくまれたといわれるなら、差し出口をするいわれはない。が、佯死といっても、ただ口先のみにて、ナリスどのの逝去、という報を流しただけのことではなく、じっさいに、レムス政府の武将にも検分をさせ、ナリスどのの逝去の確認をさせたときいている。それゆえに、レムス軍が兵をひき、ナリスどののご遺骸をカレニアに送ることをうべなったと。それに相違あるまいか」

「はい。さすが、よくご存じでございます」

「だとすれば、いったんは、敵レムス軍の武将ともあるものが確認して、確かに逝去なされた、と信じるほどには、佯死の術をほどこされたということになるな。そうだろう」

「はい。さようで」

「それから、よみがえられた、ということになるが、それは、ナリスどののもともとご不自由なおからだにはずいぶんとご無理というか、大きな影響がおありだったのではないのか」

「は」

ようやく、いくぶん、ギールは額に汗をにじませてきた。

「恐れ入ります。それはもう確かに、かなりのご負担になられたごようすで、そののち、おからだの状態はずっと思わしくなくおいでになりましたが、さいわいにしてこの数日来ようやくかなり回復されてもうほとんど政務をごらんになる――と申してはいいすぎならば、政務につき最終判断を下されるには何もおさしさわりのない状態までは回復されておられまする」

「ということはだが、おからだにはかなりやはり無理をなさったということだ。……いま、ギールどのは、俺がカレニア政府と、いや、神聖パロ聖王アルド・ナリスどのと会談する機会をどのようなかたちであれもうけてほしい、というナリスどのからの親書をもたらされた。だが、ナリスどのがそのようなおからだとあるからには、ナリスどのが兵をひきいてじきじきにたとえば自由国境へ出向なさり、俺が同じく同数の兵をひきいて出向して、いずれかで落ち合って会談をもつ、ということは不可能なのではないのかな？」

「は……それは……」

「ということになると、このご要請は、すなわち、この俺ケイロニア王グインに、カレニアないしマルガの、ナリスどののおんもとへきてくれ、と依頼されている以外のものではないと思うのだが、いかがかな」

「は……それは……その、そのようにも……申せますかと……」

ギールはいまやおおっぴらに汗をかいていた。ディモスやゼノンは、このようなグインのすがたには、黒曜宮で日夜見慣れているが、ドース男爵は、はじめて直面するケイロニア王の謦咳だけにいっそう感嘆することとあらたであるとみえて、目をまるくしながらそのやりとりに耳をかたむけている。

「これは、決してアルド・ナリスどののご誠意を疑うゆえの言ではないとお考えいただきたいが、俺もこれで一国の王といわれる身、その挙動にはいささかの責任も持たねばならぬところ。いままだ俺はナリスどのにご助力する、とおのが旗幟を鮮明にしたわけではござらぬ。むしろ、これはすでにサイロンでも言明しており、中原諸列強もご存じのむきも多かろうと思うが、このたびの南征は、こののち中原とわがケイロニアにとり、このパロ内乱がどのような影響をあたえるかを判断し、のちのちの禍根を断たんがため。失礼ながら、その禍根とは、カレニア政権、クリスタル政権のいずれにあるか、俺はいまの段階ではまださほど明快に判断する基準を持たぬ。――その状態でもしいま、俺が動き、マルガに入らば、それはすなわち全中原、いやひいては全世界にたいして、ケイロニア王グインはカレニア政府との交渉に入った、すなわちケイロニアはパロ内乱において カレニア政権にくみした、と標榜することになろう。そしてまた、万一俺が、カレニア政府の実態を拝見し、ともにたたかうによしなし、と結論した場合、わが身がよしんばかなりの兵をひきいていたにせよ、マルガという、カレニア政権の心臓部にまでいたっているものを、ナリスどのは、無事おかえしになるであろうか? 俺がナリスどのなら、もはや、二度と無事にマルガの外へはケイロニア王を戻しはせぬと思うがな」

「そ、それはおそれながらあまりにも――ございませぬかと。わが主人アルド・ナリスは、かねがねケイロニア王グイン陛下のご知己をたまわりたく、ずっといくたびも親書をお送りいたしておりました。このギールはばかりながら、何度となくその親書の使者とはなっておりますので、よく存じ上げておりますが……その、わが主アルド・ナリスのグイン陛下へのお心のうちは、決してそのような……」

「国際政治というものは、ことばづらのみにてはさだめがたいものでな」

グインはトパーズ色の目をかすかにきらめかせた。

「ナリスどのはマルガより外へお出にはなれぬ。だがどうしてもこの俺にお会いになりたい。会って話がされたい、だが、動きはとれぬゆえ、この俺にマルガまでこいとこのようにおおせなわけだが、それに対して、俺がもしもナリスどののご要望にそえぬとき、俺を無事帰してくださるとの保証はあるか。逆にまた、俺が、それでは、俺が安心できるだけの人数をひきいてならマルガに入ってもよいぞ、とお返事したとしよう。失礼ながらげんざい、カレニア政府はクリスタル政府に比較し、かなり兵力においてきびしい劣勢にたっておられることは周知の事実だ。口はばったい申し条ながら、この俺がケイロニアの精鋭をたとえば二万ひきいてマルガに入らば、俺がその気にならば一瞬にしてカレニア政府を攻め落とすことも可能と思うが？」

「そ、それは」

思わず、仰天したようすで、ギールはグインをふりあおいだ。

グインの無表情な豹頭はまったくその内心をうかがい知ることもできぬ。このことばには、さすがに、トールも、ゼノンも、ディモスも、ドースも驚いてかれらの王を見上げた。だがグインはぴくりともひげ一筋動かさなかった。

「確かにナリスどのより、ぜひお味方こうという、親書そのものは何回となく頂戴している。また、ナリスどのの現在の状況について、貴殿がたいへん率直に語ってくださったことも、おのれの放っている密偵の報告とてらしあわせて納得できた。だが、国際政治は遊びごととは違う。また、内乱といえど、現在パロ国内の状況はすでに、ひとりパロのみの問題の域をこえている。なればこそ、中原の平和、ひいてはわがケイロニアの安寧を守るべく、かく長きケイロニアの外国内政不干渉原則を枉げて、ケイロニア王みずから兵をひきい、ケイロン‐パロ国境に出兵してきている。――それに対し、一通の親書、ひとりの魔道師の使者をもって、かるがるしくケイロニア軍、ケイロニア王の招聘、会談を要請なされてくるというのは、明敏をほこるアルド・ナリスどのとして、少少軽々しきなされようかと思うぞ。そのもろもろの懸案事項に、満足ゆくご解答を得られぬうちは、このグイン、ワルド城を動くわけには参らぬ。そのように、ナリスどのにお伝えあれ、ギール魔道師どの。これがケイロニア王グインよりのご返事と心得られよ」

「は、は……」

うたれたようにギールは平伏した。そして、もう、すべての抗弁、いいつのることばを失ったと見えた。

「陛下。でも、昨日のお話では、確かに、陛下ご自身、マルガに参られるのが目的でここまでこられたと……」

ギールがそうそうに帰っていってから、居間に戻って、おずおずとゼノンはたずねた。ディモスも耳をそばだてた。グインは吠えるように笑った。

「いや、いずれはどうせ、マルガへは出むかねばならぬとは思うよ。おのれのたくらんだことでとはいいながら、いったん死からよみがえったような相手を、どこかまで呼び出すというわけにもゆくまいさ。やむを得まい」

「それでは……なぜ……」

「一応、一回はことわってみせて格好をつけなくてはかたちがつかぬ、とお考えなのでは？」

ディモスが、まさに親友のハゾスがいたら「だから、お前はこういうところが気がきかないのだ」と悲鳴のひとつもあげそうな、率直すぎることをいった。思わずトールはグインの顔をみたが、グインは平然としていた。

「そこまで、格好にこだわってはおらぬよ。ただ、おそらくはごく近々にレムス軍からのはたらきかけもあるだろうからな。それを待って、両方の申し分をきいてみぬことにはいずれにせよ、公平な判断はできぬだろうさ。——現在のカレニア政府は、政府、政権とはいっているもののその実はまだまだ、ただの内乱の頭目の域を出ぬ兵力であり、人材であり、政府の構成だと俺は思っている。まだ、れっきとした政府などといえたものではないさ。神聖パロ王国などと名前だけはそれはなんとでも言挙げできようがな。そちらは、もう、ケイロニアが後援してやらぬかぎり、時間の問題でつぶれてしまうだろう。だが、俺が関心があるのは実は、レムスひきいるクリスタル政府のなかみが実際にはどのようになっているか、なのだ。早くにマルガに寄りすぎれば、それはもう永久的にわれらに対してはとざされてしまう。ナリスどのにはすまぬが、もうしばらくやきもきしていてもらうほかはないな。俺が必要な情報をすべて集め終わったと感じるまではな」

3

「イシュトヴァーン陛下！」

飛び込んできた伝令が口を開く前に、イシュトヴァーンは椅子から飛び上がっていた。

「捕まったか！　きゃつをとっつかまえたんだろうな！」

「いえ……ただ、手がかりらしきものを発見いたしました！」

「どこだ」

もう、イシュトヴァーンは、椅子のかたわらにたてかけてあった愛用の大剣をひっつかんでいる。

すでに、イシュトヴァーンが、このサンガラの山中に腰をすえて、突然襲いかかってきたタルーの軍勢の残党を山狩りさせはじめてから、三日めに入っていた。

本当は、こんなところでこんなことをして時間をつぶしていられる場合ではない——それは、実はイシュトヴァーン自身にもっともよくわかっている事実であったはずである。もっとも、ゴーラ軍は正直のところ、カレニアなり、クリスタルなりから、援助の要請をうけて出陣し、なんらかの目的をもって進軍している、というわけではない。実をいえば、ゴーラ軍が、いったい本当は何を目的としてあえてイシュタールをあとにしてきたのかは、イシュトヴァーンのみぞ知る、といった、秘中の秘であるのだ。いや、秘中の秘、とみせかけているのはイシュトヴァーンだけで、本当はイシュトヴァーン自身も正しくは知っておらぬのかもしれない。

ただ、やみくもに、切迫した衝動にかりたてられるままに、兵をひきいてイシュタールをあとにしてきたのだが――

イシュトヴァーン軍にたいしては、レムス軍からも、ナリス軍からも、援軍のはたらきかけの使者は訪れていない。公式に出兵した、という発表はしないままで出てきているせいもあろうが、当然、魔道師の国パロの情報網ならば、そんな巨大な動きは一目瞭然のはずだ。それにもかかわらず、これだけの勇猛な、大きな軍勢の動きにたいして、おのれの味方に引っ張ろう、という要請がいまだ、やってきていない、ということそのものが、ある意味では、イシュトヴァーンの――つまりゴーラの、現在の中原に対する立場を明らかにしているものでもあった。

イシュトヴァーン・ゴーラは、いまだ、正式に中原列強の一とは認められていない。まだ、それは、野盗にひとしい簒奪者による無法な方法で奪い取られた王座であり、血なまぐさい殺戮によって確立されたあらくれた無法の版図にほかならない。タリアの支配者ギイ・ドルフュスが、イシュトヴァーン・ゴーラをさして「虐殺者にのっとられ、野盗どもの国と化した不幸なユラニア」をいたんで喪に服する、といった、という話も伝えられていた。また、ゴーラとは本来この中原でもっとも由緒ただしいゴーラ皇帝家の帝国、いかにそのさいごのゴーラ皇帝となったサウルの霊魂が具現してイシュトヴァーンをゴーラの後継者にと指名した、というような話が伝えられようと、それこそ、「そんなものは、魔道師の手妻でいくらでも」見せかけられるではないか、という見かたのほうが、中原全体でははるかに圧倒的だ。

イシュトヴァーン自身もむろんそのような風評はうすうす知っている。知らずにはすまされぬ——イシュタールはきびしく警備されてもいれば、またイシュトヴァーンの賛美者たちでかためられているから、そのような不愉快な風聞は入ってくるすきまもないが、アルセイスに戻れば、やはり旧ユラニア大公家をいたむ昔かたぎのユラニア人も、旧ユラニア時代をなつかしむもとの貴族階級も大勢いる。若いものや、上下の秩序がくつがえることを喜ぶものたちにはイシュトヴァーンは歓迎されていたが、秩序を重んじる人々には、イシュトヴァーンは公然と敵視されないまでも相当冷たい目で見られている。

それはイシュトヴァーンにもわかっていることだったし、また、なればこそおのれの居場所としてのイシュタールの造成にあれほど心血を注いでいたのだった。それに、何をいうにも軍隊の力がすべてだともわきまえて、それゆえにこそイシュトヴァーンはあれほどの勢いでせっせと時間と力のすべてをつぎこんでおのれの軍勢を鍛え上げ、組織作りをするのに夢中になってきたのだ。

そして、イシュタールはともかくも稼働しはじめたが、まだゴーラという国家は公式に認められていない——沿海州会議は別格として、中原全体には、中原会議、中原連盟にあたるような国家どうしの組織はまったくない。ここに認められれば、ゴーラもちゃんとした国家たりうる、などという場所は存在していないがゆえに、ゴーラも生まれ得たのでもあったが、同時にそれは、いつまでたってもちゃんと認められていない、という焦りをイシュトヴァーンにもたらすものでもあった。

このたびの出兵については、カメロン丞相もひそかにこれはあまりにもイシュトヴァーンのいさみ足ではないかと首をかしげていたが、まだ落ち着いていない大事なイシュタールをあとにしてまで、イシュトヴァーンがどうしても出兵せねばならぬ、とかたく思うにいたったのは、結局のところ、その、「なかなか、国家として認めてもらうことができない」というイシュトヴァーンの心底の焦りが最大の理由だっただろう。無理に無理をかさねて、強引にゴーラの王座につきはしたものの、つねに心のどこかには「僭王」の二文字がわだかまっている。焼き印のように焼き付いているその二文字、おのれの王座の正当でなさを責めるその二文字を、イシュトヴァーンは、なんとかして払拭しようとあがかないわけにはゆかなかったのだ。

アルド・ナリスには、反乱をけしかけたのもイシュトヴァーンであったし、「運命共同体」というような思いも抱きはしたが、そののちの情勢が、このようにじわじわと変遷してみると、もう、イシュトヴァーンの思いも、あの運命のマルガの一夜ほどには純粋ではない。というよりも、むしろ、イシュトヴァーンの言い分としてみれば、「ナリスさまが、なんだか変わってしまった」というのが正直なところだった——国際情勢などにはほとんど縁も興味もないイシュトヴァーンにしてみると、ナリスが反乱をおこし、いまやカレニアに政府を樹立する、ということになったからには、当然かつてのマルガの密約どおり、ナリスからの援軍要請を得てパロに兵をすすめ、レムス軍をうちやぶり、ナリスともども新パロ王国建設の一翼をになう、というのが予想していたすじみちである。

だが、ナリスからの援軍要請はなかったし、むしろ、ナリス側がケイロニアに働きかけていることはすでにイシュトヴァーンの耳にも入っている。

いまのところ、イシュトヴァーンにとって、ケイロニアは、「このままゴーラが強大化してゆけば、いずれ正面から激突して決着をつけねばならぬ」宿命の相手ではあっても、まだ、いま現在の敵国、というわけではない。さすがに、ケイロニアと国境ひとつへだててごく近い隣国であるユラニアに根拠をおく身として、いまのまだおぼつかない、生まれたばかりのゴーラ軍、ゴーラ帝国を背景にして、歴史と人材の厚みを誇る世界一の軍事大国ケイロニアとことをかまえる根性はなかった。

だが逆にそうであればあるほど、ケイロニアは、「いずれ目障り」な存在になってくるだろう、ということははっきりとイシュトヴァーンには感じられている。

であるから、そのケイロニアにナリスが援助を求めている、というのは、イシュトヴァーンにしてみればかなり心外な話でもあれば、むかつく話でもある。まだ、イシュトヴァーンにとっては、それはあのマルガの一夜に対する、明確なナリスの「裏切り」というところまでは断定できないにせよ、かなり「ナリスの心変わり」として理解されているのは事実であった。

そして、その心変わりの一端というのは、やはり、そうやっておおっぴらに謀反の旗をあげたあとになってみると、ゴーラ、という存在が、中原のなかで非常に評判のわるい、公的に認知されていない、盗賊のいかさま国家扱いされていることとかかわりがあるのだろう、とも知られざるを得ないのである。ゴーラが味方である、ゴーラと手を組んだ、とあきらかになれば、ケイロニアが手をひき、沿海州の何カ国かも手をひくだろう。パロ国内でも、イシュトヴァーン・ゴーラへの反感から、ナリス政府を見限ってレムス政権に奔るものも出るだろう。それがわからぬイシュトヴァーンではなかったが——わからぬ彼ではないからこそ、その意味するものがいっそ腹立たしい。それが示しているのはすなわち、「自分は中原で孤立しているのだ」「どの国家からも認められていない、いうならばもぐりの国家なのだ」という冷徹な事実であったからである。

（畜生。いまに見ていろ……気取りやがって、きさまらみんな、皆殺しにしてやるからな……）

イシュトヴァーンのなかに芽生えた、ある根強いうらみのようなものは、この、周辺諸国がかたくなに決してイシュトヴァーン・ゴーラを正式の国家と認めてくれないのだ、と知りそめたときからじわじわとイシュトヴァーンの心のなかを食い荒らしてゆきはじめていたのかもしれぬ。

この、パロ出兵もまた、当然、そのイシュトヴァーンの心のなかに生まれてひろがってゆきつつあった、どす黒いしみのような憎悪と根強い憤り、それを抜きにしてはありえなかっただろう。

（お前らが認めないというのなら、俺がこの自分の力で認めさせてやるさ……）

それが、イシュトヴァーンの、口には出されることもなかったが、つねにわだかまっていた憤懣であったのだ。

だが、それは、いまや側近としてイシュトヴァーンがよせつけるほとんどただひとりの存在となっているマルコにさえも、語られることはなかったゆえ、ゴーラ軍にとっては、まったく知られることのないままであった。

（ナリスさまが、俺をいらねえというんだったら……俺は、力づくでも……）

力づくでどうしたいのか。レムス政府をほろぼしてカレニア政権に恩を売りたいのか。いくらなんでも、これだけの兵で、レムス政府を滅ぼせるとは、さしも無茶苦茶なイシュトヴァーンも思っていない。だが、なんとなく漠然と、ナリスに、やはり自分がいなくてはカレニア政府はどうにもならないのだ、と感じさせてやりたい、というような強烈な欲求は確実にイシュトヴァーンのなかに存在していた。

だが、それは、あくまでもこちらからの押し売りみたいなものである。それであるから、目のまえにタルーの軍が出てくると、たやすくそちらに目を奪われてしまうのが、イシュトヴァーンの弱みであった。

だが、イシュトヴァーンのほうは、そんなことはいったん動き出せばまったく思いつきもせぬ。おのれがネズミ《トルク》を追っていて、目のまえに蝶々が出てくればたちまちそれを追いかけていってネズミ《トルク》のことは忘れてしまう猫《ミャオ》みたいにふるまっている、などということさえ、むろん、気づきもしていないのだ。彼にとっては、タルーもまた、おのれを翻弄してずっと逃げ隠れている憎むべき怨敵のひとりにすぎなかった。時として、なんでこの自分にはこれほどに敵ばかり多いのだろうといぶかしむことがあったにせよだ。

「あちらの峰の二つ向こうの山はケントス峰という名前だそうですが、その向こうに小さな集落があり、いっときはタルーはわずかなおのれの残兵をひきいてたしかにそこにひそんでいた、という話を、斥候が仕入れてまいりました。これにはかなりの確実性があると思われます。そして、そこにタルーが小さな砦のようなものを作り上げていたので、ここでわが軍にかりたてられたあと、タルーがその砦にまた逃げ戻る可能性はなくはないのではないか、とその集落を発見した斥候が申しております」

「ケントス峰だと。それはここから遠いのか。どのくらいだ」

報告を残らずいわせるのももどかしげにイシュトヴァーンは怒鳴った。

「さほど遠くはございません。ケントス峠という旧街道の峠道がございまして、それを通れば、ものの二ザンとはせずに、その峰をこえることができるそうです」

「その峠の向こうに、タルーがひそんでいた集落があるというんだな。よし、いずれにせよ、どういう集落だか知らねえが、それならなんらかタルーにかかわりのある奴はいるだろう。ひっとらまえて、タルーの隠れそうなあたりを吐かせてやる。マルコ、マルコ」

「はい」

「俺は出動する。お前はここで、残りの兵をまとめて留守をあずかってろ。一日もたたずにタルーをとっつかまえて戻る。こういう山道を馬をかるのは俺の最大の得手だ。そうだな、親衛隊を一千、俺についてこさせろ。それから、伝令と、しるしをつけてゆくさきざきを残しておくから、リー・ムーに一千つけて、あとを追わせろ。この狭い山道じゃ、それ以上大勢連れて動いていたらじゃまくさくてかなわん」

「陛下」

マルコは心配そうになった。

「この周辺でしたらまだしも、峠をこえてゆかれるということになりますと、急場に……もし万一これがさらに手のこんだワナで、陛下をおびきだそうというタルー側の計略でした場合……」

「なんだとう、この伝令が嘘をついてワナをしかけてるというのか」

「め、め、滅相もございません！」

「いや、そういうことではございませんが、そもそもタルーの攻撃のしかけてきかたも、引き上げかたもあまりにもワナであってもおかしくないように不自然にみえますし、それに……」

「ワナならそのワナをぶち破るまでだ！」

イシュトヴァーンは景気よく云った。

「たかがタルーごときの兵なんざ、俺一人でも全滅させてみせてやる。俺が魔戦士だってことを忘れたのか。さあ、親衛隊を編成させて、出動の用意をさせろ。でねえと俺は待ちかねて先にひとりでいっちまうぞ」

「へ、陛下。何をおっしゃいますか」

マルコは降参した。そんなわけで、その半ザン後には、イシュトヴァーンは、新しい鎧に身をかため、馬にまたがって、一千の親衛隊をひきいて、ケントス峰へむかって馬をとばしていた。

一応、旧街道とはいえ、まだ赤レンガの道はかろうじてつながって残っている。それだけでも、本当の山道よりはずいぶんはかどったし、また、自分で自慢するとおり、確かにイシュトヴァーンは、こうした山道の騎乗にはきわめて馴れていた。サルジナの旧街道で、赤い盗賊団の首領としてあたりを荒らし回っていた一年ばかりの経験が、おおいにものをいっていたのである。

両側は暗くうっそうと木々のおいしげる、深緑の山のなかで、その光景も、なんとなくイシュトヴァーンにはるかなサルジナを思い起こさせた。いまにして思えば、あのころは、何ひとつ持ってさえいない、赤い街道の暴れん坊、無法な、賞金首の、ただの盗賊団の若い首領にすぎなかった——だが、いまよりは、確かに幸せだった。そんなかすかな思いがイシュトヴァーンの胸をかすめたが、彼はそれを激しくふりはらうように、馬腹を蹴って速度をあげさせ、親衛隊の精鋭たちがついてゆくのに悲鳴をあげるほどの速度で山道を走らせていった。いまのイシュトヴァーンにとっては、思い出してはならぬこと、思い出したら気が滅入って、酒に泥酔せずにいられぬこと、思い出すには辛すぎることはあまりにもたくさんあったし、そのためにこそ、彼は、いくさの忘我、何もかも忘れていられる殺戮の恍惚と、酒の陶酔とに中毒していたのである。二十七歳の若さにして、すでに彼は追憶の重みにうちひしがれかけていたのかもしれない。しげみのあいだからは小さなりすや野うさぎ《カリルピュアー》がそっとおびえた目をのぞかせ、すばやく走り抜けるトカゲ《ファルー》が崖を駆け上り、そして空はやわらかな青紫に、深い山々の上にひろがっていた。イシュトヴァーンは、何も考えることなく馬を駆る快感にひたるかのように、ぐるぐると山腹をまわりながら上っているのぼり坂をかけぬけ、それから峠をひとつ越え、さらに山をひとつこえて問題のケントス峠に出た。

そこまでのあいだに、何の敵襲の気配もなく、またそもそも人っ子ひとりともゆきあうことはなかった。自由国境の見捨てられた山奥である。ましてこれだけの大軍が血相かえて駆け抜けてゆけば、それは、もしこのあたりに赤い盗賊のわかれがいたとしても、いそいで逃げ出してまず近づいてこようとはせぬだろう。

イシュトヴァーンは、一応このへんの地理に多少詳しいことが知れている騎士のひとりを道案内にたてていた。ケントス峠はしかし一本道で、間違いようもない。

「陛下。ケントス峠をこえるともう、その森のむこうあたりが、ナラ村でございますが」

「ナラ村ってのが、タルーが前に巣くってたという巣穴か」

「は、巣穴……？」

「きゃつはそこに隠れてたのかってきいてるんだ」

「あ、は、はい。さようでございます」

「小休止！」

さすがに一応慎重なところをみせて、イシュトヴァーンは、全軍をとめさせた。そして、斥候部隊を数名選び、ナラ村のようすを見に先乗りさせた。

待つほどもなく斥候たちは戻ってきて、村には特にかわったところがなさそうだという報告をもたらした。そこで、イシュトヴァーンは、兵を半数峠の頂上のやや広くなっている見晴台に待たせ、残る半数の五百名をひきいて、こんどは慎重に、ケントス峠を下り、そのむこうにひろがる名も知られぬ森かげへとまわりこんでいった。

森のはずれに出てきたとたんに、そこに、こんな山ふかいあたりにまで人が住んでいるのかと感心するような風景が出現した。ひっそりと、山に抱かれるようにしてうずくまっているのは、ほんの二、三十戸ばかりの家々からなる、ごくごく小さな村落であった。

それも、ずいぶんと古びた家ばかりだ。砦がある、というふれこみだったが、それらしいものとしては、そこからちょっとはずれた森かげのところに、小さな物見の塔のようなものが組み上げられている、それしか見あたらない。

「よし、行くぞ！」

イシュトヴァーンは森かげから、そのようすを確認すると、音たててかぶとの面頬をひきおろし、さっと采配をふった。馬はたちまち、細い山道を下って村に突っ込んでゆく。

たちまち悲鳴がひびきわたった。平和な、というよりもさびれきった山村は、このような奇襲があろうとは夢にも思わずにひっそりと山あいにまどろんでいたようだった。それは、実をいうと、イシュトヴァーンにはひどく馴れた所行であった——彼は、サルジナにいるとき、幾度となく、こうした小さな山村の集落などを見つけると、ちょうどよいお八つだとばかり、部下たちもろとも集落を取り囲んで逃げ道をなくしておき、それから家々のまんなかに突っ込んでゆく。そうすると、まったく何も気づいてなかった村人たちは悲鳴をあげながら、仰天して家のなかからまろび出てくる。めったに、抗戦されることなどないままに、イシュトヴァーンは、陽気で残虐な部下たちとともに村人の、まずは男たちを無造作に馬上から斬り殺し、村人たちが抵抗の意志を失ったところで、たいていの村にあるちょっとした広場か、それがなければどこかの見晴らしのきく森のきれめのようなところに村人全員を集めさせ、そして容赦なく男は皆殺しにし——おのれたちの仲間に入りたいと申し出るものだけが許された——女子供は山のかくれがにひきたててゆかせて、そして村に火をかけて焼き払ってしまうのが常だったのだ。

二十戸もあればとても大きなほう、小さいときには五戸だの、あるいは二、三の家が身をよせあっているだけ、などということも多いこうした小さな村など、かれらのような屈強の野盗どもの前にはひとたまりもあろうはずもなかった。あらがう男がいると、野盗たちは大喜びでそれをおもちゃにしてなぶり殺し、さいごには男たちの死骸を集めて、村の家々にかけた火のなかに投げ込んだ。そうやって、古い小さな罪もない村落がひとつひとつ、サルジナの山あいで、誰にも知られることもなく虐殺され、略奪され、ほろぼされてゆく。それを無法な若い赤い街道の盗賊たちは、「街道の大掃除」と非情に呼んでいた。

女たちは、老婆や年かさの女は希望者がいないかぎりうちすてられ、若い女は隠れ家にひいてゆかれて盗賊たちのなぐさみものになる。子供たちは、面白半分に殺されたり、連れ帰って、なぶりものになることもあったが、そのままうちすてられてしまうことも多かった。山深いあたりで庇護者を失って、かれらがそのまま死んでしまおうと、あるいはうらみをのんで成長して復讐に戻ってこようと、そんなことを気にかける盗賊たちはいなかった——また、じっさい、そうした子供たちが成長して戻ってくるまで、イシュトヴァーンはサルジナにいはしなかったのだ。そうやってそのあたりを荒らし回り、赤い街道の悪魔の名をほしいままにしてから、ものの一年もたたぬうちにイシュトヴァーンはクムにあらわれたのだったから。

その、残酷な、しかし彼にとっては荒々しい、激しい青春を思い起こさせる日々の追憶をふりはらうように、イシュトヴァーンは激しく首をふった。そして声をあげた。

「かかれ！　皆殺しだ！　抵抗するやつはみんなぶった切れ！」

4

それは——

まさに、小さな山間の村にとっては寝耳に水の悲劇であった。

もっとも、タルーがそこに隠れていたのだとすれば、あるていどは、そういう襲撃も、経験ずみだったのかもしれないが——その村では、男たちも、野盗ならぬこの完全武装の正規軍の騎士たちに抵抗しようなどというおろかな気持をおこすものは誰ひとりとしていなかった。かれらはみな、泣きながら白旗をかかげ、あるいは両手をたかだかとかかげて家から逃げ出してきて、騎士たちの前に平伏して許しをこうた。老人、男女、子供たち、あわせて百人もおらぬ小さな村の住人たちが、みんな家から追い出された、とみると、イシュトヴァーンは、騎士たちに家々を脅させるのをやめさせ、「長は誰だ」とたずねた。

長はおどおどしながら、すすみでた——白髪、白髯のかなりの老人で、何ひとつ抵抗する気概など持ち合わせぬかのように、おろおろと両手をもみしぼり、老いた顔に涙を流しながら、イシュトヴァーンのあわれみをこうて平伏した。イシュトヴァーンは何の感情もなく、冷ややかにそれを見下ろしていた。

「この村にかつて、クムのもと公子タルーというならずものをかくまっていた、という報告があるぞ」

イシュトヴァーンは老人をさげすむように見下ろしながら詰問した。

「それは本当か。いまもかくまっているのか」

「タルー、タルーさまは、確かにいっときこの、この村におみえになりました」

ナラ村の長は、おろおろと泣きながら答えた。

「どうか、お慈悲を！　どうしようもなかったのでごぜえます。あなたさまの軍勢のように、大勢でおしかけてこられましたので、村のものどもは、あらがいようもなく、家家にそのタルーさまの兵隊がわけて住まわれるのを承知するほかはございませなんだ。でも、その兵隊が乱暴するので、タルーさまに訴え出たところ、何人か殺されましてございます。……そうして、しばらくたつと、この村の食べ物がとぼしくなってまいりましたので、タルーさまは、その、そちらの道をのぼってまいりますと洞窟がございます、そちらを砦にするといって移られました。そのさい、食べ物やお入り用のもの、娘たちもみな連れてゆかれましたので……その冬には、食べ物を調達できなくて、この村の子供がずいぶんと、餓死いたしました。大人も木の根や枯れ草をあつめてかろうじて生き延びたようなしだいでございまして……」

いわれてみるとその、集められた村人たちのなかには、人数のわりに、比率としてびっくりするほど子供と、そして若い女が少ないことに、イシュトヴァーンは気づいた。いるのは、老人、老婆、それに、おびえきった年かさの女たちばかりであった。男でも、屈強のものは奴隷として働くためにその洞窟の砦へ連れ去られたのだと、老人は泣きながらいった。

「わしらがいったいどのような罪をおかしたのでございましょうか！　わしらは先祖代代このサンガラの山奥に住んでいたものでございます！　山人だの、山の民だのといわれまして、血が違う、といわれますゆえ、もっと大きな都市に出て人まじりもなりませぬ。それゆえこうして血族だけでひっそりと暮らしてございますのに……なんで、こんな、こんな目にばっかり……」

「うるせえな」

イシュトヴァーンは老人の嘆きには何の感慨ももたず、老人を群れのなかへつきとばした。そして、誰かに道案内をさせようにも、残っているのは老人と老婆と老婆に近い女ばかりで、山道を歩かせたらへたばってしまいそうなのを見て、もう一度方角を確かめると、誰も万一タルーに通報したりできぬよう、村人たちを一番大きな家のなかにおしこめさせ、外側からかたく錠をさせて一個小隊に見張らせておいて、そのまま残りの兵を連れて、長老のいった山の洞窟の砦にむかった。

それも、すぐにわかった——深い木々がふととぎれて、かなり高い崖が突然あらわれてくる。そしてその中腹に、いくつも、天然にできたらしい大きな穴があいている奇景がみえてきたのである。細い山道だけがその洞窟におもむく道であるらしく、それは一人づつしか通れそうもなかったから、なかなかに堅固な天然の要塞といえた。

イシュトヴァーンは、その洞窟のなかに、息をころしてひそんでいる人間の気配を感じ取って、ニヤリと凄惨な笑みをもらした。そして、ちょっと考えると、兵士たちに、

「洞窟のひとつひとつに火をかける」ように命じた。兵士たちは、イシュトヴァーンの命令なら、一瞬もためらうことなく実行するのに馴らされている。ただちに、馬をすてて、崖にとりつくと、松明を手から手へわたして、イシュトヴァーンの命ずるままに、まず枯れ草を洞窟の入り口付近に積み上げ、それからそこに松明を投げ込んで火をつけてからそこから逃げ出した。

洞窟は大小あわせて二十以上もその崖にうがたれていたが、たちまちまきおこった阿鼻叫喚の大騒ぎはなかなかのものであった。どうするつもりか、うすうす察しはしながら、そこから飛び出してきてはいのちがないと、そこに逃げ込んで一番奥で身を隠しているほかなかったのだろう。煙にまかれた見覚えのある紋章なしのよろいかぶとの兵——兵というよりも野盗にひとしい連中が、悲鳴をあげながら飛び出してきた。なかには

運悪くも飛び出すときに髪の毛や衣類に火がうつってしまい、細い山道に狂ったように手足をふりまわしながら飛び出してきて、そのまま足をふみすべらして崖の下に絶叫を残して落ちていってしまうものもいた。道の両側に、イシュトヴァーンは兵隊を待たせてあったので、悲鳴をあげてあぶり出されるタルー軍の残兵たちは、なすすべなくどんどんそこにとらえられた。どのみち、もうかれらはここに追いつめられた時点ですっかり戦意を失っていたが。

この洞窟がそうかんたんに見つけられようとは思っていなかったらしく、かれらは、飛び出してくるときにはもう、手向かいする気力もなかった。それになかにはもう、煙を吸ってぐったりしてしまった同僚を肩にかついで泣きながら出てくるものもいた。ぼろぼろになった衣類や、近くでみるとむざんにさびたり傷ついたりしたよろいかぶとが、かれらがここにひそんでいた年月のきびしさを感じさせた。

「ふん、そんなことだと思っていたがな」

それらの連中が、きびきびとしたゴーラ軍に収容されるのをちょっとはなれたところから検分しながら、イシュトヴァーンはつぶやいた。小姓がききとがめた。

「はい、陛下?」

「なんでもねえ。黙ってろ」

「は、はい」

（やはり、こいつらだけじゃねえ。――人数的にもまるきり少ねえし、それより何より、このあいだ街道で襲ってきたタルー軍は、もうちょっと装備もよかったし、それに……こいつらみてえに、長年ろくなものを食ってねえ、なんてようすじゃあなかった。――こいつらが本来のタルーが連れてアルセイスから逃げのびた残党だとすると、あの……俺の軍勢に命知らずに襲いかかってきた五千ばかりは、まったくタルーの軍勢じゃねえ。ただ、タルーがだまされて貸してもらった兵隊だ。だが、問題は……）

誰がそんなことをたくらみ、わざわざタルーに兵を貸して、イシュトヴァーンをこの山中で襲わせたのか、だ。

もしも、本当にゴーラ軍にかなりの打撃を与えたいと望む襲撃なら、五千では意味がないだろう。むろん、場所的にも、サンガラの山中、というのが一番、攻めるにも守るにも困難なところで、それまたあやしい。一応、山中の細道なので、数倍の大軍をも分断するにいい、という名目はたちそうだが、一方またそれならばもっと山中のきわどい細い道なら、どれだけの大軍でも、上から岩を転がし落としたり、完全にあちこちで分断して連絡を断ってしまったり、ということもできようし、それならば五千で三万の軍を殲滅する可能性もないわけではない。ともかく、サンガラからイレーンへいたるちょうどあいだ、というこの襲撃の場所はあまりにも中途半端なのだ。

それにもしもイシュトヴァーンのいのちをねらうのなら、そうやって半端な数の軍勢を出してくるより、暗殺教団なりをくりだすほうがはるかに確実だろう。暗殺教団にねらわれたら、どうすることもできないのだ——そう考えて、イシュトヴァーンはぞっと身をふるわせた。そのことは、これまで考えたこともなかったのだ。

(まあいい……とにかくなんもかも、タルーをしめあげりゃあわかるこった)

その、タルーが本当にそう簡単につかまるものなのかどうか。

あれだけ、アルセイスから落ち延びて、ネリイのむざんな戦死をよそに、杳として行方をくらまし、クムのタリク新大公とイシュトヴァーン軍との必死の捜索にも見つからぬままだったタルーが、今回はこれほど簡単にあぶりだされる、というのが、イシュトヴァーンの直感にはまた、なんとなくキナくさい気をおこさせている。

だがそれもとにかくタルーをつかまえればわかることだ、と思った。

「陛下ッ！」

隊長がかけよってくる。親衛隊の第二隊長で、イシュトヴァーンがこのごろ目をかけている若い——もっともイシュトヴァーンの軍勢は大半がおそろしく若くて、なかには十代の小隊長さえいるのだが——ヤン・インだ。

「いたか！」

「はい！　おりました、と存じます！　人相書き、手配書の文面とはおそらく、うり二つかと存じますが……陛下の首実検を願わしゅう……」

「わかった。すぐゆく」

イシュトヴァーンはまたしても、なんで今回はこんなにもたやすくタルーがおのれの手に落ちたのだろう、というぶかしさを味わった。

だが、それはおもてに出さず、崖の下の、捕虜たちがまとめてつながれ、見張られているちょっと広くなっている小さな草原へいそいだ。洞窟からあぶり出された捕虜たちは、全部で百人ばかりしかいなかった。

なかには、怪我をしてまだ真新しい包帯に血がにじんでいるものもいるし、煙で目をやられたらしく涙がとまらないやつもいる。また、運悪く煙でやられてしまったらしく、捕虜たちのあいだに横たえられて、すでにどうやら死体になっているらしいものもいた。

そのあいだに、ひげをほうほうと生やし放題に生やし、真っ黒な汚い顔をして、目ばかり爛々と光らせた大柄でずんぐりしたクム人のすがたを、イシュトヴァーンはすぐに見つけた。

「いたな！」

ひそかな驚きをかみころして、大股にそちらへ向かう。

「こいつはたまげた。本当にタルーじゃねえか。本当にとっ捕まったってわけか。よくもまあ、これまでこまこまと逃げ回り続けてくれたな」

「おのれ、イシュトヴァーン！」

タルーのほうはとっくに、イシュトヴァーンの姿を遠くから見分けていたらしい。その、人相もろくろく見分けもつかぬくらいひげが伸び放題にのびた顔をゆがめて、大声でののしった。声をきくと、確かに聞き覚えのある、いやというほど耳に馴染んだタルーのクムなまりのだみ声であった。

「おのれ、野盗の成り上がりめ。妻のかたき、ユラニアの仇、クムの仇！　きさまのような悪魔をこの世にを生み落とした母親は一千回も呪われるがいい。きさまほどの悪魔はいまだかつてこの世に存在したこともなかった。このドールの申し子め！」

声をかぎりにののしるタルーの声をきくと、イシュトヴァーンの浅黒い顔に凄惨な笑みが浮かんできた。

「どうした、元気がいいな」

ニヤニヤ笑いながらイシュトヴァーンはタルーに近づいていった。タルーは、辛苦の日々を示すかのように、ぼろぼろの服の上に、これは妙に真新しいよろいをつけていたが、かぶとも小手あてやすねあてもはぎとられ、髪の毛ものびほうだいにのびてうしろでゆわえている見るからにむさくるしい姿で、うしろ手に縛られ、捕虜たちとちょっと離れたところにひきすえられていた。すぐうしろにゴーラ軍の精鋭が巨大な槍を交差させて、動けぬようにタルーをおさえつけている。

タルーの目は爛々と光り、その意気のほうは——あるいは憎悪がその力をあたえてい

たのだろうが、いっこうにおとろえていなかった。

「きさまを殺しそこねたことだけがこの俺の心残りだ。殺せ。きさまの勝ちだ、殺すがいい。俺はただ、きさまを殺す、タリクをぶち殺す、その一心だけでいとしい妻に死に遅れて生き続けてきた。さいごのこころみにも破れたは俺の武運つたなきゆえ、もはやこれまで、殺せ。さあ、早く殺せ」

「いとしい妻ってのは、あのユラニアの女イノシシのことか」

イシュトヴァーンは残酷に嘲笑った。

「そんなにあのイノシシを真面目に愛してたとは知らなかったぜ。ユラニアの大公位目当てにだましてたんじゃなかったのか。まあいい、それほど恋しければ、すぐにでもあの女のいる地獄の底へ送ってやる。もっともその前に、ちょっといろいろ、話してほしいことがあるんだがな」

「きさまになど何ひとつ口を割ったりするものか」

タルーは怒鳴った。

「たとえどれほど責められようとも俺は何ひとつ口を割らぬ。俺から何か聞き出そうなどと思うだけ無駄なことだぞ！」

「ほう」

イシュトヴァーンは満足そうにいった。

「ということは、お前が、口を割ってはまずい、と思うようなことがある、ってことだよな。まさに、そいつを聞きたかったんだ。やはりこの襲撃には裏があるってこったな、ええ、タルーの大将?」

「………」

タルーはひげをかみしめる。イシュトヴァーンは大きくうなづいた。

「だがここじゃあちょっとな……おい、撤収だ。その捕虜どもはいらねえ。どうせ、連れて帰ったところでどうなるってもんじゃねえ、といってこのままおっぽなしてやるとまたろくでもねえ悪さをするかもしれねえ。よし、みな、切れ」

その非情な宣告をきくなり、命冥加にあのおそるべき紅玉宮の殺戮から逃げ延び、そのあとのいくたの戦をなんとか切り抜けてきたのであろう男たちの口から悲鳴や号泣や、哀願の声がもれはじめた。イシュトヴァーンはかまいつけもしなかった。

「こいつらには用はねえし、こっちも陣中なんだ。余分なやつらに食わせてやる餌なんかねえ。切れ。かまわねえ、全員切って崖下に放り込め」

「お願いです。イシュトヴァーン様、どうか、お慈悲を……」

「何もお手むかいいたしません、決してもう……」

「部下に加えていただけたらなんとか働きますから、どうか……」

哀願するのはもともとは傭兵か、盗賊だったやつなのだろう。クムの正規軍としてタルーについてきたらしい、クムふうの顔つきの連中は、もはやこの期に及んで宿敵にいのちごいをしてたまるか、というかのように、きっと唇をひきむすび、すでに死を覚悟したようすでおとなしく待っている。

それを、イシュトヴァーンは無表情に見回した。もう、かれらに対する関心はまったく失っていた。

「全員、切れ。かまわねえ。一刀のもとに切って捨てろ。タルーをひったてろ、陣に戻るぞ。撤収だ」

「は、はい」

非情の命令にももはや馴れてしまったかのように、イシュトヴァーンについてきた若いヤン・インが刀をふりあげた。

「助けてくれ」

捕虜たちが悲鳴をあげる。その周囲で、いっせいにゴーラ軍の兵士の白刃がきらめいた。タルーは奇妙な、魅せられたかのような表情で、それを見下ろすイシュトヴァーンと、そして悲鳴をあげつづけるおのれの部下たち、おのれについてきたがゆえに辛酸をなめ、ついにこのような寂しい山間でいのちをおとすことになった男たちを見つめていた。そしてもう何もいおうとはしなかった。

山間のさびしい、かれらしかいない草原で、たちまち、悲鳴と、断末魔の絶叫と、そして刀が肉を断ち、骨をぶち切るすさまじい物音がおこった。逃げようとするものたちをとらえて、そのえりがみをつかんでひきもどし、ゴーラの兵士たちは非情の処刑の剣をふるった。誰も、こんな処刑を楽しもうなどという狂った趣好のものはいなかったので、いやな仕事はとっととすませてしまおうと、かれらはものもいわずに剣をふるったので、みるみる、あたりには、草原を血で染めてクムの残党の生首がころがり、肩を割られた断末魔の男が絶叫しながらころげまわり、それを追いすがって刺し殺す、凄惨きわまりない光景が展開されることになった。

イシュトヴァーンは、しかし、べつだん血のにおいをかいでたかぶるというようすでもなくそれを見つめていた。イシュトヴァーンが興奮するのは、おのれの手を血で汚して戦い、あいてをほふることだけであって、血に飢えているといっても、目のまえでこのような処刑を見て楽しむわけではなかったのだ。むしろ、戦闘ではないこうした虐殺は、イシュトヴァーンを、おのが命じたことでありながらけっこううんざりさせ、気分を萎えさせたので、イシュトヴァーンは仏頂面で一足早い帰投を命じ、タルーを馬にあおむけにくくりつけさせた。そして、その捕虜をおしつつんで、あとをヤン・インにたくすと、親衛隊の旗本部隊数百だけをひきいて、先にその場をはなれた。

まもなく、かれらは、さきほどのあのナラの村に通りかかった。ナラの村の住民たちを、ひとつ家におしこめて見張っていた小隊の隊長が、本隊の帰還をみて、ほっとしたように駆け寄ってきて今後の命令を求めた。イシュトヴァーンはそれをきくなり、険しく眉をひそめた。

彼は、機嫌が悪かった。なぜかは、彼自身にもわからなかったかもしれない。どういうわけか、宿敵タルー——何があろうと、草の根をわけても探し出せとずっと命令していたほど心にひっかかっていたタルーをついに首尾よく手中におさめたのでありながら、イシュトヴァーンの心はにわかに、重たく、晴れなくなっていたのだ。

彼は、急に何もかもいやになってしまったかのように、憎しみにみちた目で、小さなささやかなナラの村を見回した。何もかもが彼に敵意をもち、あざけり、そして彼を呪っているように感じられた。

そろそろ夕景が迫ってきていて、村はうすぐらい、灰色のなかに沈み込みはじめていた。人々が集められてとじこめられているゆえに、その村々の小さな家の窓にともるあかりもなく、なんだかそれは心さびしく、悲しみをさそう景色だった。

イシュトヴァーンはそれをじっと見つめていた。それから、その黒い瞳のなかに、何か言いしれぬかげりのようなものが——それとも、それはむしろ、力ない憤りだったのかもしれぬ。そのような魔めいたものがあらわれた。皆は誰も、何もよけいなことをいうものもなく、息をころして、イシュトヴァーンの命令を待ち受けているようである。そのようすが、いっそう彼の心を暗くさせた。

彼は、しばしくちびるをかんでいたが、ふいに、何かをふりすてるように怒鳴った。

「火をかけろ。小屋ごと、全員焼き捨てろ。ついでにこの村も全部焼き払ってしまえ。ゴーラの敵タルーをかくまっていたむくいだ！」

こんどの命令は、聞き返されることもなかった。それはただちに、すみやかに実行にうつされた。兵士たちは、その家のなかに、百人もの老人、老婆たちがおしこめられていることをむろん知ってはいたが、目のまえで人間をその手で切り殺すよりも、家ごと焼き殺すほうがはるかに良心の呵責を感じなかったのだ。それに、良心の呵責は、それを命じた人間が感じればいいことであり、命令にしたがわなければこちらが殺されるのだ、という大義名分がかれらにはあった。

ただちに、そだと薪が持ってこられ、小屋のまわりに積み上げられた。しだいに暮れなずんでゆくなかで、そだに火がかけられ、それが薪に燃え移り、ついにそれが家の外壁に燃え移って、大きくもない谷間の家が燃え上がると、それまで自分たちがどうされるのかわからぬままに家のなかで不安にたえておしこめられていたのであろう村人たちが、家のなかで、恐怖のあまり絶叫しはじめ、イシュトヴァーンを呪ったり、あわれみをこうたり、何をするのだ、罪もない自分たちをどうするのだと必死に抗議したりするのがきこえてきた。だがそれもいくらもたたず、おそろしい苦悶の悲鳴と絶叫にかわりはじめ——そしてそれも、最初はパチパチと、それからしだいにごうごうと燃えさかりはじめる炎の轟音がかき消した。

イシュトヴァーンは、そちらをもう見返る手間さえもかけなかった。というよりも、彼はそちらに一切目をやろうとしなかった。燃え上がる炎と、そのなかで焼き殺される踊り狂い、死の乱舞をくりひろげる無惨図は、あるいはイシュトヴァーンにはるかなノスフェラスを——海のように青い目をもつ剛毅な老武将とその部下たちがだまされおびき寄せられて、そうして焼き殺されてゆく地獄図をあからさまに連想させたのかもしれなかった。

「撤収！」

虚空を鞭打つかのような荒々しい命令が発せられ、イシュトヴァーンは、馬の上に仰向けに縛られてもうなかば死んだようになっているタルーをひきつれ、おのれの軍勢に囲まれて、凱旋というにはあまりにも陰鬱な表情で馬をすすめていった。兵士たちはものもいわずに従った。炎の始末を命じられた一小隊だけが、おのれらの不運を嘆きながらあとに居残り、虐殺の行方を見届ける楽しくない役割をかこっていた。

イシュトヴァーンはふりむきもせず馬をすすめた。そのうしろで、しだいにごうごうと燃えあがる炎は大きくなり、そのなかで、苦悶に踊り狂う黒い人影や、断末魔の悲鳴がみられ、きこえたが、イシュトヴァーンはもう、何も見てはいなかった。

ナラの村を焼き尽くす炎は、しだいに天をこがす巨大なかがり火となって燃え狂いはじめていた。

第三話　ドールの子

1

「だいぶん、参ったようだな、ええ?」

ようやく、山中の野営の陣に帰り着き、ただちに、裸馬の背中にあおむけざまにくくりつけられていたタルーが馬からひきおろされて、あらためて高手小手に縛り上げられたまま、本陣のなかにいるイシュトヴァーンの前に引き出されたとき、イシュトヴァーンは皮肉な冷ややかな声をかけた。

帰途に心配されていた奇襲だの、思わぬ伏兵にあうこともなく、かれらは迎えに出ていた軍勢と合流して、すみやかにサンガラの山中の陣に到着することができたのだった。そろそろ、日はとっぷりと暮れかけていたが、時ならぬ野営の続いているサンガラの山中には、赤い街道にそって無数のかがり火がのびているのがみられ、かれらの道案内をつとめた。もしも、事情のまったくわからぬ旅人が山なみを見上げて、山腹ぞいにそのような火かげを見たら、あるいはあやしいもののけたちが集結して山頂をめざし、おそろしいワープギルの宴が開かれようとしているのかとおそれおののいたかもしれぬ。

それはあくまでもむろん、臨時の野営の陣にすぎなかったから、多くの兵士たちはただ、馬をつなぎ、寝るときも交替で小さな移動用の天幕を張って雨風をわずかにしのいで、行軍用の革マントにくるまったまま横たわって睡眠をとるにすぎなかったが、本陣のイシュトヴァーンの天幕は、大きなものが持ってこられていたので、一応本営らしい格好が保たれていた。そのなかには、折り畳み式の寝台や、椅子などもあったのである。

イシュトヴァーンがタルーをひきださせたのは、その本営の天幕の前の小さな草地であった。

両側にかなり大きめのかがり火をたかせて、その周囲をかたく親衛隊の騎士たちが固め、そしてひっきりなしに歩哨が警戒しつづけている。もう、おそらくこの上の夜襲があるとは思われなかったが、イシュトヴァーンは警戒をおこたらず、明朝サンガラを引き上げるまでは通常の四倍の数の歩哨に全線にわたって交替で見張りを続けさせるよう、全軍に命じていた。

「………」

タルーは返事をしなかった。あおむけのまま、長い山道を馬の背でゆさぶられて不自由な姿勢を直すこともできぬ苦しい状態のまま連れてこられたのと、その前のふたたびの手ひどい敗戦、そして何よりも、部下たちが目の前で皆殺しにされたことに、かなりの衝撃をうけている模様であった。

かがり火が照らし出したタルーの顔は、げっそりとやつれ、昼間のあかりの下で見たよりもなお、けわしく、すすけて黒ずんで見えた。

このしばらくの、逃亡生活はタルーにとってはひどく厳しいものであったようだった。食べ物も満足にとれていなかったのかもしれぬ。もともと大柄でたくましく、クム特有のずんぐりした体格に固い肉がよろいのようについているいかにもクムの武人らしい男だったが、げっそりと肉がおちて、顔なども、ぼうぼうと生えているひげのせいもあって、ずいぶんと面変わりしてみえた。かわらぬのは、けわしい、陰険なかなつぼまなこ——それはクムの大公一族の大きな特徴でもあったのだが——のぎらぎらと憎悪に燃える光ばかりであった。

「どうした。口もきけぬほど、参ってしまったのか？　それとものどがかわいて口がきけぬのか」

イシュトヴァーンは、手にした杯をこれ見よがしにぐっとあおって、タルーをねめつけた。イシュトヴァーンの前にひきすえられ、惨めに膝をついてうしろから縄じりをとられたタルーは、激しく髭の唇をかみしめながら、イシュトヴァーンをありったけの気力をふるいおこしてにらみかえしていた。だが、それが精一杯のようで、その上体はぐらぐらと揺れていた。

「のどがかわいて口がきけぬというのなら、飲み物を飲ませてやろう。お前には、これから、吐いてもらわねばならぬことがあるからな」

イシュトヴァーンはおおようなところをみせて、小姓をふりかえった。

「そやつの口に酒を注いでやれ」

「は」

小姓が立っていって、杯をタルーの口にあてがおうとする。タルーは歯を食いしばって、顔をそむけ、敵の酒を口にいれまいとした。小姓がさらにそれを追って杯をさしつけたが、タルーは必死に歯を食いしばっていた。イシュトヴァーンは顔をゆがめた。

「礼儀知らずな男だな。俺の酒は飲めぬというわけか」

イシュトヴァーンは立ち上がった。はっと、マルコたちが腰をうかせる。イシュトヴァーンは、つかつかと近づいてゆくと、タルーの前にたち、そして、おもむろに、手にした杯のなかみをタルーのひげ面に正面からあびせかけた。

思いもよらぬ、電光石火の動きだったので、タルーはよけそこねた。顔じゅうに酒が流れ、目に入ったらしく、タルーは思わずうめき声をあげた。だが、からだを前に折ろうとすると、うしろから小姓が縄をひいてひきとめるので、身をふたつに折って苦悶することもできなかった。タルーはしばらく、苦痛のうめきを必死にこらえた。

かすかな、あまりに深い憎悪にしわがれた声が、それでもようやく声の出せるようになったタルーのひげの唇からもれた。

「おのれイシュトヴァーン……」

「何だ。声が出るようになったのか」

イシュトヴァーンは嘲笑った。タルーはまだ酒がしみて目があけぬまま、うめいた。

声はかすれ、しわがれてかすかであったが、意味は明瞭であった。

「殺せ。きさまの手におちたときからもはや覚悟はさだまっている。殺すがいい」

「云われなくとも、きさまは処刑するさ、いずれな。クムあいての取引に使うほどの値打ちももうありはせん――きさまにというより、クムそのものにもだがな」

イシュトヴァーンは険悪にいった。

「だが、そう死に急ぐな。その前に、きさまにはどうしても吐いてもらわねばならんことがある。このみじめなドールのウジムシめ、誰がきさまに、あの大勢の兵を貸して、このゴーラ正規軍を襲おうなどというとてつもない思い上がったこころみを吹き込んだんだ？」

「……」

タルーはぐいと、かたく唇をむすびしめた。何ひとつ言うものか、という固い決意をおもてにあらわし、やつれはてた顔を激しくそむける。

「きさまの連れて逃げたクムの残党など、ものの百人もいなかったことはわかっているし、それもそのあとの、ユラニア戦役のときにどんどん討ち死にして、結局きさまが連れてどこやらの山奥へ逃げ込んだときにはもう、二、三十人残っていればいいほうだったはずだ。——いったいどこから、きさまはあの五千人の兵隊をかきあつめてきたんだ？」

イシュトヴァーンはたてつづけにムチのような言葉をあびせかけた。

「……………」

「きさまに集められる人数じゃないし、ましていまのそのきさまの風体をみていれば、金で集められる傭兵でもないことも明らかだ。どこのどんなお節介野郎が、きさまのようななさけないぼろぼろの負け犬に、あんな兵をよこして、このサンガラで俺を襲えなどとそそのかしたんだ？」

「……………」

「喋る気はないのか。何をしても、吐かせてやるといっただろう？　好き好んで、痛い目にあうこともないんじゃないのか。どうせ死ぬんだから」

イシュトヴァーンは眉をしかめ、そっけなくいった。

「俺もきさまごときにこんなところで、あまり手間をかけたくもかけられたくもない。

だが、このちの俺の動きに、どういう敵がひそんでいるのか、それだけは是が非でも、また軍が動き出す前に知っておかねばならん。——云え。いったいどこから、きさまはあの五千の兵をかり集めてきた。あのなかで、ほぼ半数近くは俺の兵が片づけたはずだが、それにしても残りがさらに二、三千はいたはずだ。だがあのなさけないネズミ穴に逃げ隠れてひそんでいたきさまは、またもとどおりの、しょぼい落ち武者どもをしか連れていなかった。あの兵隊どもはどこに逃げたんだ。ええ？——きさまの襲撃はわけのわからんことだらけだ。あれはまぼろしの軍勢だったとでもいうつもりか？」

「………」

タルーは返事をしなかった。何もきこえぬかのように目をぎらつかせてイシュトヴァーンをにらみすえながら、ひとことたりとも答えるものかという気概をみせて歯を食いしばっている。

「あまり、俺を苛々させせんほうがいいぞ」

イシュトヴァーンはぶきみなしずけさで云った。

「俺はもともと寛大な人間でも、人道的な人間でもないが、きさまのことは——特にきさまはもとから大嫌いなんだ。俺が手にかけたきさまのイノシシ女房のほうが、まだしも好感がもてるくらいだ。……たかが、クム大公家に生まれたというだけで、まるで天下の英雄気取りでいやがって。実戦になど、出たこともねえくせに」

「……」

そのことばをきくなり、タルーの顔がどす黒く染まったが、それでもタルーはなおも何もいわなかった。その、タルーの様子のなかにある何かが、イシュトヴァーンをふいにかっと激昂させた。

「俺をなめてんのか。きさまは」

イシュトヴァーンはつかつかと近づいてゆくなり、いきなり手をふりあげて、ぴしりとタルーの顔を打った。情容赦ない一撃だった。縛られてひきすえられているタルーには、よけようもなかった。タルーの上体が大きくぐらつき、小姓がぐいと縄じりをひいてもとどおりにひきすえた。顔をあげたタルーの唇の端が裂けて、髭の上に血がしたたっていたが、タルーはあえぎながらこらえ、やはり声をあげようともしなかった。

「俺にどうしてもきたねえ仕事をさせなきゃ気がすまねえってのか。——どうせもう、きさまの命運はつきたんだ。せめて最期くらい、すっきりとすべてを吐いてから殺されたって同じことだろう」

「……」

「きさまはほんとにばかなやつだな」

イシュトヴァーンは、どうしてやろうかと考えているようにゆっくりとタルーを見下ろしながら、ささやくようにいった。

「機を見るに目がないとはまさにこのことだな。きさまのしたことはどれもこれも失敗だった——しょうもねえ人生だな、ええ？　せっかくクム大公の長男、世継の公子に生まれながら、アムネリスなんかについつい色気を出したばっかりに親父をしくじり——それを取り返しに焦って、ユラニア大公の位をねらって、それも俺の手助けがなけりゃ、何もできなかったくせによ。——揚句、女房を見殺しにして逃げ延びて、トルクみたいにうろうろ、ちょろちょろ逃げ隠れて、それでこんどは誰だか知らねえがえたいの知れねえ誰かからそそのかされて、いまならイシュトヴァーンを討てる、敵討ちができる、といわれてこのザマか、ええ？　お前は、てめえの力でなんかしたことはあるのかよ。てめえ一人の力でしたことでうまくいったことがひとつでもあるのかよ。女房のユラニア軍を使って戦おうとしてみたり、どこの誰かもわからん馬の骨に軍勢をあてがってもらって俺にむかってきたり——きさまのすることなすことはみんな、人頼みじゃねえか。しかも、それさえもひとつとしてうまくいったためしはねえ。——俺はな、タルー、きさまみたいな、人生の失敗者ってやつが、一番嫌いなんだ。目のまえで見ていたくもねえ」

「………」

その残酷な、容赦なく傷口に塩をなすりこむようなことばをきいて、さらにタルーのおもては、こんどはどす黒いのを通り越して蒼白になった。

だが、それでもタルーは口をひらくまいと懸命に歯を食いしばっていた。口をひらいてちょっとでもことばを出したら、とりかえしようもないうらみつらみや、いってもせんかたない激情がひたすら狂おしくあふれ出てしまいそうで、口をひらくことができなかったのかもしれぬ。その目はただひたすら爛々と憎悪に燃え狂い、その歯は唇を血が出るほどにかみしめていた。

そのようすを、イシュトヴァーンは憎らしそうにみた。

「どうしても、俺に、きさまのそのひげ面を拷問する手間をかけさせてえっていうのか。俺はな——俺は忙しいんだ。こんなとこで、きさまなんかにかかずらわって時間をとられるヒマなんかねえんだ。頼むから、さっさと吐いちまってくれ——でねえと、俺を苛させると、俺が何を思いつくか、知れたもんじゃねえぜ」

「……………」

タルーは、いっそう目をぎらつかせながら、イシュトヴァーンを見上げただけである。イシュトヴァーンはかっとなった。その目が、ふいに、かすかな狂気のかぎろいを宿して燃え上がった。

「俺に——俺にさからうんじゃねえ」

イシュトヴァーンは、いきなり声を張って怒鳴った。小姓たちや当直の騎士たち、副将たちがびくっと飛び上がるほど、びんとひびく声だった。イシュトヴァーンはいきなり足をあげ、タルーを蹴り倒した。

タルーは獣のような低いうめき声をあげて、地面にひっくりかえった。それを、イシュトヴァーンは、重たい軍靴をあげて、その腹を蹴りつけ、身を二つに折ったタルーの肩を蹴ってあおむけにさせると、その腹に靴をめりこませた。もともとタルーはかなり大兵肥満の男であったが、長い辛苦にみちた逃亡と潜伏の生活で、すっかり肉が落ちてしまったのだろう。若いにもかかわらずかなりの太鼓腹だったタルーの腹は、そげたように薄くなっていた。

「いいか、俺にさからうな——俺を怒らせるんじゃねえぞ」

イシュトヴァーンは、おもてをかすかに激昂の予感の血の色に染めながらうめくようにいった。

「俺はな……俺は、もう、我慢することは一切やめたんだ。俺はもうゴーラ王なんだからな——きさまらはずっと、この俺を成り上がりだの、盗賊あがりだの、どうの、こうのとばかにしていやがった。いつもこの俺を見下し、鼻でせせら笑い、教養もない、野蛮な盗賊あがりとコケにしやがった。——だが、もう、すべては逆転したんだぞ。いまは俺が中原で一番由緒あるゴーラの王で、きさまはただの逃げ回るどぶねずみにすぎねえんだ。もう、クムはきさまの弟がついで、きさまは父親の仇、クムの仇敵として、きさまの生まれた国からも敵と指名されている。きさまは、もうこの地上のどこにも、逃げ込む場所ひとつねえんだ」

「……」

もごもごと、タルーが何か言った。

イシュトヴァーンは、激しく興味をひかれて、タルーの腹をふみにじる軍靴の動きをちょっとゆるめた。だが、そのことばを耳にいれたとたんに、イシュトヴァーンの相好がかわった。

「簒奪者め……いやしい暗殺者、ぬすっとのなれのはてのにせ王めが」

タルーは、苦しい短い息づかいのあいだに、こんどは誰にもきこえるほどはっきりとそう罵ったのだ。思わず、マルコたちはびくっと身をかたくした。

「きさまは永遠に……永遠に中原に正当な王として認められることなどありえぬ。たとえどれほどの力をもとうと、きさまの手にした王座は血にまみれた、裏切りの果ての呪われた王座だ……きさまの簒奪した、わが妻の国は、いまに必ずきさまを追い払い、正当なるユラニア大公家、ゴーラ皇帝家の支配をとりかえすべく……神もこれを許されるはずがない……この世にすべての正義が滅びるとも……きさまの所行は……」

「この、死に損ないが」

イシュトヴァーンは、かっとなって、タルーの腹を蹴った。それだけでは胸が癒えなかったので、ひきずりおこして、さらに顔をけりつけ、そのまま、倒れたタルーの顔を靴で踏みにじった。タルーはごりごりと重たい軍靴の靴底で顔を踏みにじられ、うめき声をあげた。

「俺を怒らせるな、といってるだろう。——きさまは、誰を相手にしてるのか、わかってねえようだな」

「わかっているとも」

ひとたびせきをきったタルーの激情はしかし、苦痛にも、いっそう酷い拷問の予感にももうおしとどめることができなかった。長い逃亡生活のあいだ、ただひたすら、イシュトヴァーンへの呪詛だけを心のささえとして、かろうじて逃げ延びつづけてきたに違いない。

タルーの顔はみるもむざんにすりむけ、血が流れ、泥だらけになって、見るにたえぬ形相になっていたが、タルーはこんどははっきりと口をあいて大声でイシュトヴァーンを罵った。

「きさまが生まれたその日こそは、中原がおおいなる呪いにとざされた悪夢のはじまりだったのだ。ドールの子め……悪魔の申し子め。きさまは、中原に恐怖と流血と無惨な惨劇をもたらすためにだけ生まれてきたのだ。きさまが氏素性もさだかでない卑しい捨て子なのは当たり前だ。きさまの父親はドールその人で、きさまの母親はドールの姉妹ドーリアなのだからな。きさまこそは、中原を滅ぼすために黄泉からさしむけられてきた、おぞましい――アウッ」

イシュトヴァーンはみなまで云わせておかなかった。タルーを蹴り倒すなり、その口のなかに靴先をねじこんだ。

「これでも続けられるなら続けてみろ。俺がドールの申し子ならきさまはバスの申し子だ。この豚《ゴロン》め」

激しく、怒りをこめてイシュトヴァーンは罵った。そして、凄惨に目をぎらつかせながら怒鳴った。

「こいつにこんな口をきかせておくな。おい、こやつの着てるボロをひっぺがし、背中を鞭で打て。こやつが背中に無事なところがなくなるまでずたずたにしてやれ。こやつがまともに俺のいうことをきけるのはそれからだろう」

「は……はい」

イシュトヴァーンにさからって、鞭打ちの刑罰を受けた小姓は、これまでにも、少なくなかったので、ことに小姓組の小姓たちは、イシュトヴァーンの命令にただちに従わないことなど考えられなくなっている。

すぐに、小姓たちは立ち上がり、目くばせしあって、タルーの上半身のぼろぼろの衣類を刀で引き裂いて、はぎとるなり、三人がかりでタルーを、持ってきた台の上に、地面に膝をついて上体だけを台の上に倒すようにおしふせて押さえつけ、残るひとりが乗馬鞭をふりあげて、激しくタルーの背中を打ち始めた。

たちまちタルーのからだがはねあがり、そりかえり、一撃ごとにその口から獣じみたうなり声がほとばしりはじめたが、しかしタルーは、気丈に、そのうなり声をなんとか食い止めた。打たれる衝撃と激痛に、ムチが背中に落下するたびにタルーのすっかり肉の落ちてしまったとはいえまだたくましいからだははねかえって、必死に汗みずくになっておさえつける小姓の手でまた台の上におしつけられた。みるみるタルーのあかじみた背中がずたずたにされてゆくのを、人々は恐怖の目で見つめていた。

イシュトヴァーンは、何もかもイヤでたまらぬ、とでもいったようすで、冷ややかにそのようすを見つめていた。ついに彼が「よし、もういい」といったとき、タルーは気を失ってはいなかったがなかば死んだようになって、台の上に突っ伏していた。その背中はイシュトヴァーンのいったとおり、もののみごとに打ち破られて文字通り完膚なきまでにずたずたに傷つき、むざんに血まみれになっていた。

「どうだ?」

イシュトヴァーンはうんざりしたようすで、あらたに小姓に杯に満たさせた酒をひと息にあおった。

「俺にさからうとどういうことになるか、ちょっとはわかったか。それとも、わかりのわるいきさまには、まだわからねえか。もう、俺も昔の俺じゃねえ——きさまも昔の傲慢なクム公子様じゃねえんだってことが？——もう、誰にも俺のことを僭王だの、簒奪者だのと云わせてはおかねえぞ。俺は——俺はゴーラの帝王だ。この俺が、この地上でただ一人、正当なゴーラの帝王なんだ！」

「き……さまは……」

気丈にも、タルーは、血まみれで呻きながらも、ありったけの力をふりしぼって、さいごの抵抗をこころみた。

「きさまは……永久に簒奪者だ。……未来永劫……中原は、きさまを認めはせぬ……」

「なんだと」

それをきくなり——

イシュトヴァーンの目が、するどく細められた。

マルコは、はらはらしながら、そのようすを見つめていた。イシュトヴァーンのようすがそのようになるのは、よくないきざしであった——それを、マルコが一番よく知っていたのである。

「陛下……」

マルコは、あえて、その状態になったイシュトヴァーンに怒りをかう危険をおかして、そっと声をかけ、イシュトヴァーンに、理性をよびかえそうとおそるおそるこころみた。

だが、イシュトヴァーンはマルコのほうなど、ふりむこうともしなかった。もはや、彼の目には、タルー以外、誰もうつっていないようにさえ見えた。

「よく云った。この、くたばりぞこないめ」

イシュトヴァーンは歯のあいだから押し出すようにささやいた。そして、手に持った杯の残りを飲み干し、もういっぺん小姓にそれをつきだして満たさせるなり、それを、やにわにタルーの、血まみれの傷ついた背中にぶっかけた。

さすがにタルーはからだを弓なりにそらせ、酒の傷口にしみる激痛に大きなうめき声をあげた。イシュトヴァーンは杯を投げ捨て、その汚れた髪の毛をひっつかんで引きずりあげるようにして、無理やりにタルーに血まみれの顔をあげさせた。

「さあ、吐いてしまえ。もう、隠し立てしても何の益もありゃしねえんだからな。とっとと白状しろ、白状するんだ。これ以上俺に手間をかけさせるんじゃねえ……きさまに兵を貸したのは誰で、その兵はどうなったんだ。どんな手妻で、そやつは兵を虚空から連れてきて、またその兵をどこかへ消してしまったんだ？　ええ？」

2

「ウ……ウ……ウウ……」

陰惨なうめき声が、サンガラの、ゴーラ軍のほかには誰もおらぬ山中に、かすかにひびいていた。

もっともじっさいにそこでおこっていることを見届けることができるのは、本陣の周辺をかためている護衛の兵士たちと、イシュトヴァーンの身辺に仕える当番の小姓たち、それにわずかな腹心たちくらいであったが——あとのものたちは、何も知らず、知らされぬままに、それぞれの部隊の駐屯場所で、そろそろ乏しくなりつつある食料をわかちあって質素な夕餉をすませ、それから交替で眠りにつくために、馬の手入れをしたり、かがり火に薪の補給をしたりしているところだった。

イシュトヴァーンはあらかじめ、本陣のまわりに無断で立ち入らぬよう、そのまわりに何重かに歩哨をたててあったから、うかうかと他の部隊の兵士たちがそのへんへ近づいてしまう心配もなかった。

だがどのみち、明日までには、イシュトヴァーンの凄惨な所行はまた、多分に尾ひれがついて、全軍にひろまることになっただろう。もっとも、この時代の騎士たちのことゆえ、さまでそれを残虐だ、非人道的だ、と目くじらをたてることはなかっただろうが。この時代では、むしろ、卑劣な行動や、怯懦、あるいは弱い武将であることのほうが、残虐であることよりはるかにさげすまれるべき罪であったのだから。

「ウ……ア……」

地面に横たえられたタルーの口から、かすかな、虫の息のうめきがもれつづけている。イシュトヴァーンは、あくまでも口をひらくまいとして頑張り続けるタルーに業を煮やして、やにわに手に力をこめて、その髭を束にしてむしりとり、「全部、こやつの髭をこうやってむしりとってやれ」と小姓に命じたのだった。小姓たちは良心に目をつぶらせて云われるとおりにしたので、タルーはほどもなく、さすがに苦痛にたまりかねて叫びだした。その口に、イシュトヴァーンは引き裂いたタルーの服をつめこませた——本陣から、あまりにも、凄惨な叫びがたてつづけにきこえてきては、このサンガラの暗い山中で、兵士たちの志気にさしさわることを心配したのだ。だが、そうやって拷問は続行されたので、タルーはむざんにも、髭ごと顎の皮膚をむしりとられ、すでに顎のまわりは真っ赤に血で染まって、顎の肉がむきだしになって血がしたたりおちていた。

それでも、髭をすべてむしりとられてもなおタルーは白状しようとしなかった。イシユトヴァーンはさらに怒り、タルーの指の骨を一本づつ、逆向けに折りまげてゆくように命じた。小姓たちはいやいや従った——やっとこが持ってこられ、機械的にそれにはさんで折り曲げられた指はありうべからざる角度に手の甲のほうにへし曲げられた。タルーはその恐しい、想像を絶する激痛にも長いこと勇敢に耐えていたが、左手の指をすべて折られ、次に右手に移って、右手の小指を折られた時点で、ついに力つきた。

「もう……もう許してくれ……」

ときたま血まみれになった布を口から引き出しては、「喋る気になったか？」と詰問されていたタルーは、ついに、苦痛にうめきながら、その言葉を吐いた。そのときにはすでに、彼は血まみれのボロ袋のようになって大地の上に横たわり、まわりで、ゴーラ軍の参謀たちは蒼白になりながら吐き気をこらえていたのだった。

「いう……何もかも……云うから、もう……殺してくれ。頼む……死なせてくれ……」

「白状するんだな？」

イシュトヴァーンは冷ややかに確かめた。タルーは、すべての意地もすでに髭もろともむしりとられてしまったかのように力なくうなづいた。うなづく動作さえも激痛をともなうようで、狂おしいうめき声がその血だらけの唇からもれた。

「み……水を……水を……飲ませてくれ……声が出ない……」

「水をやれ」

イシュトヴァーンはぶっきらぼうに命じた。ついに自白を引き出したのは、拷問者の勝利であったが、イシュトヴァーンの浅黒い剽悍なおもては、むしろ嫌悪——というよりも、タルーの意地がつきたことにさえも、またしても深い厭世感を感じてでもいるように、ものうくかげっていた。

「さあ、では、話してもらおう。きさまにあの兵を貸したのは誰だ」

「俺は……知らない……ただ……云われたのだ……あそこに、ナラの村に……老人がやって……きて……」

「老人だと」

イシュトヴァーンはするどくききとがめた。

「どんな老人だ。名は」

「名は……名乗らなかった……ただ、イシュト……イシュトヴァーン王にうらみをもつものだ……彼をこのままに……しておくわけにはゆかぬ……イシュトヴァーンを……このままに……放置しておけば中原じゅうが、ゴーラの侵略に屈してしまう……自分は、それを……阻止するために動いている……そしてその——反ゴーラの……旗頭になれるのは……クム公子タルーさましかいないと……俺をさがしあてて……ナラ村の……俺に忠誠を誓ったやつが……あの……洞窟の砦に……やってきて俺とその——老人の対面を……させ、その話を……」

「どんな老人だ。どんなようすの」

「白い長いひげを……はやして……おそろしく年をとったようすの……魔道師かなにかにも……見えた……なんでもかまわなかった。俺は……ただ、妻のあだを討てるかもしれぬと……それだけをささえに……生き永らうべからざる……身をながらえていたのだから……何の……異存もあろうはずもない……俺は──たとえそいつが……誰でも……かまわなかった……ただ……お前の──お前の敵でさえあれば……」

「………」

イシュトヴァーンは、けわしい顔で、タルーのかれがれの自白をきいていたが、心を決めかねたようにあたりを見回した。

「もっともらしいといえばもっともらしいが──」

けわしく、イシュトヴァーンはつぶやいた。

「だが──妙といえば、あまりにも妙な上にあいまいすぎる話だな！──おい、それで、その兵というのは……どこにどのようにして集められてきたのだ」

「わから……ない。その老人は……俺に、どこにゆけば……用意した兵が待っているか……教えてくれた。そして……イレーンの町で兵が待っていると……」

「なんだと。イレーンの町で」

イシュトヴァーンの目がぎらりと光った。

「イレーンの町にあの五千の兵が伏せてあったというのか？」

「そ……うだ……そして俺は……半信半疑のまま……おのれの……仲間をつれて……イレーンの町へいったところ……本当に、軍勢が……いた。そして、俺が……名乗ると、なんでも命令どおりにするよう……言いつけられていると……」

「誰にだ？」

激しく、タルーのえりがみをつかんでもちあげ、ゆさぶりながら、イシュトヴァーンは怒鳴った。タルーの、ひげと皮膚をむしりとられたあごから、血がしたたりおちた。

「サウル――」

「何――だとォ？」

こんどの声は、絶叫になった。イシュトヴァーンは、かろうじて気づいて、おのれの口を手でおさえた。

マルコが、ふいに、つとイシュトヴァーンのかたわらによりそった。強くイシュトヴァーンの袖をひく。イシュトヴァーンはかっとしたように振り返った。

「なんだッ、マルコ！」

「陛下。――もう、タルーは白状を続けております。この上の拷問は必要ございますまい。――あの、差し出口ながら……この上の話になる前に、お人払いをなさったほうがよろしくはございますまいかと」

「……」

イシュトヴァーンは一瞬、気をのまれたようにマルコを見つめた。しばし、そのことばの意味がわからなかったかのようだ。それから、かれはのろのろと呆けたようにうなづいた。

「お前のいうとおりだ、マルコ」

イシュトヴァーンはぼんやりと、そのことばを口にするのがひどく苦痛ででもあるかのように低くつぶやいた。マルコは急いで、小姓たち、副将や隊長たちをさがらせ、タルーを本営の天幕のなかに運びこませるよう指図した。天幕の入り口に、護衛の騎士だけを外にまたせ、「あとは俺がやるから」となかば強引にいいふくめて、小姓も含めてすべてのものを天幕の外にひきさがらせてしまった。

そのあいだ、タルーは虫の息でなされるままになっており、イシュトヴァーンは――イシュトヴァーン自身も、まるですべての力を使い果たしたとでもいうかのように、天幕の奥の椅子に座り込んで、呆けたように宙を見つめていた。

何にそのように衝撃をうけ、どうしてしまったのだろうと心配しながら、マルコは、用意がととのったことを告げた。

「万一をはばかり、もう、小姓なども、拷問にはお用いにならないほうがよろしゅうございます。――もしもこの上何らかの拷問が必要になるようでございましたら、そのう、気はすすみませんが、このマルコがお手伝いいたしますから……もし、何かひとにきかれてはならぬような話のなりゆきになってはと……」

「ああ……ああ。そうだな」

イシュトヴァーンは、のろのろとしたしぐさで杯を探し、酒をぐっとあおり、ようやく多少ひとごこちがついたようにみえた。その唇から洩れたつぶやきで、マルコは、なぜ、イシュトヴァーンがほうけてしまったのか、おしはかることができた——それはまさしく、マルコが危険を感じて人払いをせねば、と思ったことがらと一致していたのだが。

（サウル——サウル帝だと。なぜだ……もし……サウルが生きていたにしても……サウルは、俺の味方のはずだ……俺を、ゴーラの後継者に指名したのは……サウルの幽霊じゃないのか……）

イシュトヴァーンはぼんやりとつぶやいていた。が、マルコが、用意ができたことを伝えると、ようやく多少われにかえったように、また、そこに横たえられて低くうめくばかりになっていたタルーの頭のわきに膝をついた。

「さあ、続きだ」

そういう声はむしろ機械的にひびいた。

「サウルといったな。その老人が、サウルと名乗った、というのか」

「そ……れは知らぬ……俺が……イレーンの町にいったとき……そこに……集まってい た……軍勢の頭目が……サウルと……名乗る老人に雇われた傭兵団だと名乗っただけだ ……もう、かれらは……完全に出動準備もととのっていた……武装もすませ……武器も 馬もあたえられて——何人かの指揮官が、直接……その老人に金をもらって……どうす べきかを教えられていた……そして、その金で……国境地帯で……傭兵を集めるふれを 出して……」

「待て」

ようやく、多少頭が働きだしてきたかのように、するどくイシュトヴァーンは云った。 そしてマルコをふりかえった。

「傭兵は確かにいるところにはずいぶんいるが、それにしても、どこでどういう傭兵の 募集があるかは——俺はもとがてめえが傭兵だから知ってるが、どこで傭兵を募集して る、どこが安全でしかも払いがいいかとか、そういう情報は、傭兵どうしだけが知って る傭兵だまりみたいな——店だの、広場だのがあちこちにあって、そこでうわさが流れ ると、たちまち仕事を求めてる傭兵どもはそっちにむかって動き出す。……俺も何回も そうやって、あちこちで雇われた覚えがある。だが——傭兵だけで五千もの数を集める のは……相当な時間がかかる。まず、その情報があちこちの傭兵どものたまり場にゆき わたるだけでも、かなりの時間がかかるし、それをきいて、傭兵たちがイレーンならイレーンめざして集結してくるまでだって、それだけの時間はかかるんだ。……その話はなんだか、眉唾だと思わねえか。マルコ」

「私は……もともとがドライドン騎士団あがりゆえ、自由傭兵をした経験がありませんが……」

マルコは考えに沈みながら云った。

「確かにそのとおりでございましょうね。——それも、よほど多額の給料、破格の金だというのでどっと傭兵たちがおしかけるにしても、ずいぶんと時間がかかるでしょうし、それによろいかぶとや馬をゆきわたるよう支給するのも大変な手間と金——そう、そもそも、それだけの人数を傭兵でそろえたら大変な金がかかりましょうし、それに、イレーンなどというへんぴな場所で集めているときいたら——傭兵たちとしても、なぜ、誰がそうやって破格の金額で大勢の兵を集めているのか、不安に思いますでしょうし……」

「まあ、いい。とにかく、先をきこう。わからんことはまたあとで問いつめるとしてだ」

イシュトヴァーンはけわしく黒い眉をしかめた。天幕のなかには、うす暗いろうそくのあかりが四つばかりともしてあるだけで、すでに夜はかなりふけてきている。陰惨な拷問が続いているあいだに、すっかり夜になっていたのだ。

暗いあかりのなかに、血まみれの男がぐったりと倒れてうめいており、それのかたわらに膝をついて、かぶとをぬぎすて、長い黒髪をうしろでたばねたイシュトヴァーンが、タルーの襟をひっつかんで尋問しているさまを、マルコは、なんとも陰惨な地獄の尋問の情景のようだ——と思いながら眺めていた。なまじ、ろうそくの揺れるあかりにうつし出されるイシュトヴァーンの横顔が端正であるだけに、陰惨の印象はいやが上にも強かった。

「さあ、続きだ。——それで、お前は、信じたのだな。その——そこに集まっていた傭兵どもをひきいて、俺の軍勢に襲いかかるお膳立てをしてくれたそのじじいのことを」

「信……じるも……信じないもなかった……俺はただ……ただ、どうしてでも……妻の仇がうちたかった……もう……どのみちない命と……思ってこの半年……暮らしてきた……早く……地獄にいって……あやつとまた一緒に……なりたかった——だから……何がどうでもいい……それがお前に一矢むくいて……の上のことならもう何ひとつ望むことてない……だから一も二もなく……その傭兵どもをひきいて……その傭兵の……指揮官が、サウルと名乗った老人から……いつごろ、お前の軍勢がサンガラを通りかかると知らされたといった……それを襲えば——山中の細道なら、軍勢を分断できる。本隊が通りかかるのを待って襲えば、ゴーラの簒奪者イシュトヴァーンの首をとることも……可能だろうと……」

「けッ。きさまらごときに首をとられちゃ、簒奪者もやってられねえよ」

イシュトヴァーンは毒づいたが、またちょっと思い直した。

「すると、きさまが俺を襲ったのは……俺の軍勢をうち破ろうっていうよりは……ただ、ひたすら俺の首だけが目当てだったたってことなんだな？　だから、五千でもなんでもいさいかまわず、三万の俺の精鋭に襲いかかってきやがったってわけだな？」

「目指すは……ゴーラの軍勢などではなく――ただひとつイシュトヴァーンの命だけだった」

タルーは認めた。

「きさまに操られているゴーラの愚かな連中など殺すだけの価値もない、それにゴーラ軍は俺の敵ではない……五千の軍勢を三つに分け、ともかくきさまの本隊から、なるべく前後の味方の軍を切り離させておいて、そのあいだに俺がきさまにひと太刀むくいる――俺の念願していたのはただそのことだけだった。あの老人も、俺にそののぞみを果たさせてやるといったから、俺は――それさえ果たせればもういつ死んでもいいと答えたのだ……」

「心配せずとも、もうじき望みはかなうさ、くたばって、あの女と一緒に地獄で暮らすという望みだけはな」

イシュトヴァーンは獰猛に云った。だが、疑問は、かえって深まってゆくばかりだった。

「そして、きさまは俺をねらって俺の軍勢に無謀にも襲いかかり――が、所詮きさま程度のやつにはどうするすべもなく敗退して軍勢は逃げだし――どうりで、やけにすんなりと逃げ出す、逃げ足の早いやつらだと思ったぜ。正規の軍勢なら、もうちょっとはふんばっただろうからな。金で集めたやつらならそれも当然だろうが――で、そのあと、どうしたというんだ。その傭兵どもはどこに逃げ出したんだ」

「それは……わからぬ――俺も、もう……逃げる気はなくどうしても……踏みとどまってきさまに一矢むくいたかったが……傭兵どもが、きさまの……戦いぶりにおそれをなして、なだれをうって逃げ出したもので……俺がいかに踏みとどまれ、いのちを落とせ、と叫んでもどうにも――なるもんじゃなかった。俺の側近――クムからの忠実な側近たちが俺をなだめ――さいごには俺をほとんど……かつぐようにして、俺をあの……戦場から連れ出した……俺一人でも、きさまと決着をつける、もう生きていても仕方ないのだと叫ぶ俺を……ほとんど、かつぎあげて……そしてナラの村へと逃げ延びたときには、また俺たちは俺たちだけになっていて――いつのまにか、あの兵士どもはまるで幻みたいに消え失せていた……」

「幻の兵士」

イシュトヴァーンは思わず、うめくように云った。そのことばに、ひどく強烈な印象を持たないわけにはゆかなかったのだ。

「あの傭兵どもは、傭兵じゃなくて本当は幻だったかもしれないんだな？　いや、だが俺の切り裂いた肉はたしかに手応えのある人間の肉だった、幻なんかじゃねえ……」

「……」

「その後、そのじじいってのはあらわれないのか。きさまの前には。ええ？」

「あらわれぬ……最初に俺のまえにあらわれて——イシュトヴァーンを殺したいのだろうと甘い誘惑のことばをささやきかけて以来——ひとたびも、すがたもあらわさぬ。俺は——だまされたのかもしれぬ。わからぬ……だが、感謝している……ともかくも俺にもういちど……きさまにむかって剣をふるう機会をくれたのだ……俺は、きゃつが何者でも……ちっともかまわぬ……」

「きさまは構わねえだろうが、俺はかまうんだよ！　馬鹿野郎」

イシュトヴァーンは口汚く罵った。だが、そのおもてはいっそう、きいた話の不可解さにかげっていた。

「もう、何もそれ以上吐くこたあないのか、この死に損ない野郎」

「もう……これがすべてだ……あの老人がせっかく貸してくれた兵を……使ってきさまの息の根をとめられなかったのだけが心残りだ。もう他には……何もない……殺すがいい。俺はもう、何ものぞみはない……この世に何ひとつ……未練も望みもない……」

「そうか」

イシュトヴァーンの目がすうっと、氷のように冷たくなった。

「なら、望みどおりにしてやる。ネリイのところへ行け。どぶねずみめ」

イシュトヴァーンは、ぶつりと、タルーの手首の縄を、抜きはなった剣で切った。驚いて、マルコが思わず腰を浮かせる。が、イシュトヴァーンのようすから何かを察して、また、そのまま身構えながら腰を落とした。イシュトヴァーンはタルーのいましめをすべて切り払った。

「さあ、好きなところにいって好きなようにくたばれ。どうせもう、そのようすじゃそう長くは生きられまいが、ええ？　もう、いましめはといてるぜ。ここから出てゆけよ。ええ？」

「………？」

一瞬、信じがたいものでも見たようにタルーはイシュトヴァーンを見上げた。

それから、よろめきながら、なんとか身をおこそうとあがいたが、弱りはてていたので、起きあがることもできなかった。それほどにもはや、拷問のためにすべての力をしぼりつくされ、力つきはてていたのだ。

だが、さいごの力をふりしぼって、タルーは肘をついて身をおこした――そして、何かを求めるかのようにあたりを見回した。マルコはまた腰を浮かした。だがイシュトヴアーンは、昏い興味をかきたてられたかのように、じっとタルーのすることを見つめていた。

タルーはあたりを見回し、それからいきなり、天幕の片隅の、ロウソクをたてた燭台によろよろと倒れるように飛びかかってそれをひきぬいた。両手の指を折られていたので手も使えず、つかむこともできぬ。手を動かしただけでも恐しい激痛が走ったであろうが、すでにタルーの目は、生きたものの光を浮かべてはいなかった。彼は妄執だけが突き動かしている死者でもあるかのように、いためつけられた両手のひらではさみこむようにして燭台を持ち上げ、さいごの、渾身のいまわの力をふりしぼってそれをふりかざし、イシュトヴァーンめがけてよろめきながら力なく突進した。

イシュトヴァーンは眉ひとすじ動かさなかった。マルコが飛びかかろうとするのを制して、腰の剣が鞘走った。幾多の血を流し、タルーの妻のネリイの血をも吸った愛用の大剣がひらめき、一瞬にして、タルーのふとい首のまんなかをつらぬいた。

「あっ」

思わずほとばしるように悲鳴をあげたのはタルーでもイシュトヴァーンでもなく、マルコだった。

剣で、のどのつけねを刺し通されたまま、タルーはその剣にささえられて、燭台をふりかぶったまま、ほんの一瞬、おのれに何がおこったのかまったく理解せぬかのように、

そのまま立っていた。

その口から、ごふっと、鮮血があふれ出してきて、したたりおちる。イシュトヴァーンは、それがかかるのを嫌ってすかさず剣をひきぬいた。

タルーのからだは、支えを失い、どうとそのまま前にくずれおちた。だが、地面にくずれおちる前に、ひらりとひるがえしたイシュトヴァーンの剣が、タルーの首を下からはねあげていた。

マルコは思わず息をのんだ。見るもあざやかな腕前だった。タルーのふとい首は、剣の一閃に切断されて、うしろにはねあがり、地面の上におちた。首を失ったタルーの胴体の、首のあったところから噴水のように血が吹き上がった。イシュトヴァーンはイヤな顔をして、おのれのマントのかけひもを乱暴にひきちぎると、吹き出す大量の血をおおいかくすように死体の上に投げかけた。

「なんて、血の量の多いやつだ」

イシュトヴァーンは剣からしたたる血を乱暴にタルーの死体の服でぬぐった。愛剣をさやにおさめ、ぺっと唾を吐いて罵った。

「マントは少しは替えがあっても、天幕には、替えはねえんだ。天幕が血だらけになっちまう。——おい、マルコ、この首を塩づけにさせとけ。胴体のほうは適当に埋葬させてやれ。クムの大公が、生首をひきとるというだろう。ずっと、タリクも、兄の首に賞金をかけて探していたからな」

「かしこまりました」

マルコは、ようやく多少落ち着きを取り戻して、血がかからぬよう気をつけながらそっとタルーのむざんな死体に歩み寄った。首のない死体はマントにおおわれてなかば見えなくなっていたが、首のほうは、いまだうらみをのんだすさまじい断末魔の形相のまま、ちょっとはなれたところに叩きつけられ、そこにも小さな血の海が出来ていた。マルコはおのれのマントをとると、そっとその首——かつてはクム大公の公子として世を時めいていた生首の上にかけてやった。イシュトヴァーンはそれをじろりと横目でみて、まったく別のことをいった。

「——それにしても、妙だな、解せねえ。そのサウルってじじいは何ものなんだ。気になってたまらねえ。イレーンの町にゆけば、ちっとは何かがわかるんだろうか？」

「は……」

マルコは顔をあげる。イシュトヴァーンのおもては、奇妙なかぎろいをうかべてもう、かれの思いはすでに死せるタルーの上にはまったくないことを示すかのようにみえた。

「イレーンの町か。……どうあっても、いってみねえとならねえだろうな」

つぶやくようにイシュトヴァーンは云った。首の斬りあとからおびただしく流れ続けるタルーの血が、ねばねばと赤黒い川になって、天幕の床にぶきみな流れを作りはじめていた。

3

「グイン陛下」

足早に入ってきた准将、アトキアのトールはひどく緊張しているようすだった。

「どうした」

ゆったりとグインがふりかえる。グインは楽な部屋着を身にまとい、ディモスと、ゼノンとともに、机の上にこのあたりとそれから中原全体の地図を何枚かひろげて、なにやらしきりと地理の研究に余念がなかったようすにみえる。

「陛下の、予想なされていた通りになりました」

報告を伝令にまかせず、みずからが取り次ぎにきたトールは、かるく頭をさげると、すぐにその机のかたわらに歩み寄った。腰をかがめ、一通の手紙をおさめた細長い小さな、豪奢な箱を差し出す。

「クリスタル・パロ政府のレムス国王より、親書を取り次ぎ願いたいとの使者が、これを」

「来たか」

グインは驚くようすもなく、トールが差し出した親書の箱をとり、器用に結んである革ひもをほどいて、箱のふたを開いた。ひとつ大きくうなづいて、そのなかから、羊皮紙で裏打ちした手紙を取り出す。てっぺんに黄金をぬりつけたその手紙は、各国の国王クラスどうしの正式の親書の格と様式を示すものだ。

「来るだろうと思っていたが、やはり魔道師の国、あちらもこちらも対応が早いな」

「さようで……」

「なんと、申し越しておりますか、陛下」

キタイのさまざまな奇妙なうわさ、そしてまたその王がとりついたという奇怪な情報──あまりにもたくさんの謎がたちこめている、レムス政権だけに、ゼノンも、ディモスも興味津々というおももちで思わず首をのばして、グインの手元をのぞきこむ。グインは、じっくりと、開いた手紙を読んだ。いっぺんさいごまで読み、それからまた確認するように読み返す。

「なんと、申して参りましたので？」

じりじりしながらトールがきいた。グインはうなづいた。

「アルド・ナリス政府とまったく同じ、じきじきに会談し、こののちについてご相談させていただきたいという申し入れだ。ただし、こちらは、俺の指定があればいつなりと、ただちにどこへでも指定の場所におもむく、という条件つきだ」

「おおっ」

ゼノンが思わず唸り声をあげた。

「やはり、レムス王とナリス王、両方から、陛下の御出動ときいて、ただちにあらそってケイロニアの援助をこうて参ったというわけで……」

「それは当然だろう。兵力で非常に不利なカレニア政府は当然としても、もしもケイロニアが正式にカレニア政府の後援にたてば、いかに多少兵力で勝っているといえども、レムス政府といえ勝ち目はなかろうさ。レムス政府としては、おのれに援軍してくれぬまでも、せめてカレニア軍に助力せぬように、という確約だけはとりつけることなしにはこののち、動きがとれまい」

グインはゆっくりと手紙をまきおさめて、もとどおり箱にしまい、ひもをかける。それを、小姓に渡し、あらためてトールのほうをふりかえった。

「使者は」

「例によって魔道師でございますが、そちらの控えの間に待たせてございます。お会いになられますか」

「ふむ、そうだな」

グインはうなづいた。トールが足早にまた出てゆく。ディモスは気がかりそうにグインを見た。

「レムス政府についてはなにかとあやしげな風聞がございますが……その使者と称する魔道師が、実は……何か不埒なたくらみをしかけてくる、というようなことはございますまいか……」

「まずあるまい。ここでそうしても、かえってケイロニアを激昂させるだけのことだ」

ゆったりとグインが答える。ゼノンはいぶかしそうであった。

「陛下は……まことは、どちらのパロにくみされるおつもりですので……もしお伺いしてよろしければ」

「俺は何も考えておらぬ」

というのが、グインのそっけない返答であった。

「考えが決まり次第諸兄には最初に話すさ。俺はいまただ、心をさだめるための証拠を集めているのにすぎぬ」

「証拠を」

「ああ」

「証拠とは、何の証拠でございますか、陛下」

朴訥にゼノンがたずねる。グインは笑った。

「それだから、心をさだめるための証拠だ。何がそれであるのかわかれば、苦労はせぬよ、ゼノン」

「はあ……」

ゼノンはわかったような、わからぬような顔になっている。

「グイン陛下。パロ国王レムス陛下よりのお使者がそちらにお待ちでございます」

こんどはトールでなく、小姓がやってきて告げた。グインはうなづいて、立ち上がった。指揮官たちもすぐにあとに続く。

使者というのは黒いフードつきのマントに身をつつみ、うっそりと床に平伏している、一人の魔道師であった。トールはすでに、グインの椅子のかたわらに警護するようにひかえていた。ワルド城の素朴だが天井の高く広い謁見の間に急遽、ケイロニア王にふさわしい玉座がもうけられ、その前にずっとじゅうたんがしかれ、扉の両側には、警護の騎士たちがいかめしく何十人も居並んでいる。

「ケイロニア王グイン陛下がじきじきお目にかかる。お使者のおもむき、いまいちど申し上げるがいい」

トールが最近はすっかり板についた副将の貫禄をみせて声をかけた。魔道師はさらにいっそう平伏した。

「パロ王宮づき一級魔道士、ルエンと申すいやしき者でございます。偉大なるケイロニアのグイン国王陛下にじきじきにお目通りをお許しをたまわり、これにまさる光栄はなきものと恐懼しおるしだいにてござりまする」

「ケイロニア人は、パロ流の長々しい礼儀作法の交換を好まぬ」

グインはじろじろと魔道師を見下ろしながらいささかぶっきらぼうにいった。

「ただちに本題に入るがよい」

「恐れ入りましてございます。――わが主君、レムス・アルドロス、またはパロ国王レムス一世よりのお願いのおもむきは、あらかじめお託し申し上げました国王よりの親書につきておりまます。わたくしのお役目は、もしもグイン陛下のおん言葉をたまわり――お言葉なりお手紙にてわが主君へのお返事をたまわりますれば、ただちにそれを……」

「特にそのほうに託された伝言などはないということだな。なればよし、わが返事を申し述べよう」

グインは云った。そのトパーズ色の目はあいかわらずするどい光をおびて、魔道師をいかにも威圧するかのように上から下までねめまわしていた。

「レムス陛下に申し伝えられよ。特に手紙などの文言には託さぬによって、そのほうがじきじきにお伝えするがいい。お申し越しの条々充分にうけたまわった。されどわがケイロニアは長年の外国内政不干渉の大原則をいまだ、破るべきか否かにて合意に達しおらぬ」

思わず、ゼノンとディモスはグインをみた。だが、二人とも、むろん何もよけいなことは口に出さなかった。

「それゆえ、われがワルド城まで下りこしは、いずれかの軍に正義ありと認めてその後援、救援をいそぐためではなく、まことの中原の危機いずれにありやと、実状を自らの目にて調査せんがため。――レムス陛下にお目にかかるはもともと旧知のことなれば、なんら異存なけれど、パロ国内にてはお目にかかりがたし。陛下にしてもし、真にわれと旧交をあたためんと欲されるならば、少数の護衛のみにて――ことに魔道師は一切お連れにならぬを約定として、パロ国境外、自由国境地帯のいずれかにて、われと面会なさるよう、設定されよ。われもケイロニア国王を拝命する身なれば、国内国外の治安と威信の維持については他人事ならず。かく多数の兵をひきいて下り来る外国の君主がもし、国内に入らば、その国内の人心多く動揺をまぬかれざるところかと。いずれか、われの指定する自由国境のしかるべき都市までご足労ねがえるならば、いつなんどきなりとも。あるいはまた、ワルド城へまでお越しねがえるならば」

「ワ、ワルド城へ」

魔道師は言葉につまるようすだった。何か、ことばをかえそうとためらうかのように、しきりと唾を飲み込み、あたりに目をさまよわせる。

それから、まるで、突然遠くからの命令が、彼にどうすべきかを告げたかのように、魔道師は、突然落ち着きを取り戻し、うやうやしくもう一度平伏した。

「かしこまりました。わが主君にはかり、あらためてお返事いたしますでございましょう。それでは本日はこれにて失礼つかまつりまする。本日夜半ないし明日あらためまして、主人レムスよりのお返事をば」

「ああ」

グインは、無造作にうなづいた。

「正直のところ、そうは申したもののレムス王も王のお立場がおありのこと、ワルド城にまでレムス王に直接おいでいただけるとはさしも横紙破りの俺もそこまでは期待はしておらぬ。ユノ、シュク近辺の自由国境になんらか小さな宿場なりあれば——あるいは、リーラ川ぞいに……イレーンまではなれてはあまりにも双方にとり遠すぎようし、また、そのあたりはすでにユラニア——いや、ゴーラの勢力圏ともなっていよう。……場所の選択については、またあらためてのご交渉ということで、ともあれレムスどののご意志についてはあらためて確認の上、戻ってこられたがよい。お使者の儀、ご苦労」

「お、恐れいりましてございます」

「なんと」

魔道師がなんとなくしっぽをまいたようすで、そそくさと退出していってから、一瞬の沈黙ののちに、ディモスが最初に声をあげた。

「お会いになられますので？」

「レムスとか、それはそうだ」

グインは笑った。

「さきほどもいったとおり、俺は証拠を集めにきている。そのためにも、当人に直接会うことができれば、それがもっとも簡単な判断の基準となろうさ。……むろん俺とても、敵がもしやして、キタイの竜王の手先ないし傀儡かもしれぬということは十二分に警戒しておく。いくえにも、警戒の方途はめぐらしておくつもりだ。案ずるな、俺もそれほど迂闊ではないさ」

「そ、それはもう、むろん……そのようなことはまったくお案じ申し上げてはおりませぬが……」

ディモスは困惑したように笑った。

「こうなると、私ごときでは少々荷が重いのではないかと気になってまいりますが……いま現在、サイロンから呼び寄せると申しても……参謀、というほどのものも……ハゾスのほかにはとりたてて……いつも、陛下ご自身がもっともよき、陛下の参謀であられるのでございますから……」

「傲慢なようだが、俺に参謀は必要ない」

グインはうすく笑った。

「そのかわり不便なのはなにごともこの身をもっておもむき、判断せねばならぬ、というところだろうが。――だが、不便だろうと、それが一番確実だ。おのれの目がいつもつねに俺に真実をもっともよく語ってくれる。俺がどうしても知りたいと思うのは、まず、本当にレムスに、キタイの魔道師王などというものが憑依しているのかどうか、ということだ。そんなことは、俺にしてみれば――ケイロニアの人間だからかもしれぬが、ありうべからざる世迷い言に思える。だが、これほどにその言が流布しているからには、なにがしの真実がそこにあるのかもしれぬし、ないとすればこれはまた実に巨大な妄言が流布しているということになる。いずれにせよ俺はおのれの直感を多少はたのんでいるのでな。それにレムスのことはかつて少々知ってもいた。じきじきに見れば絶対になにかがわかるだろう、ということだけは俺は信じて疑わぬ。――もし、それがただの――カレニア王がレムスを誹謗せんとして流している偽りだとしたら、それもまた俺はレムスを見ればわかるだろう。だから、俺がここまで下ってきたのは、この目で直接レムスと、そしてアルド・ナリスを見る、一目見るだけでもかまわぬのだが、そのためだけだといってもいいのだ、ディモス、ゼノン、トール」

「はああ……」

ディモスもゼノンもどちらかといえば、単純明快な人物の多いケイロニアのなかでさえ、一段と単純明快きわまりないほうである。

ひたすら、感じ入ってうなづくばかりであった。もう少々、グインに馴れているトールは、いくぶんニヤニヤしながら、そのようすを見守っていた。

そのときであった。

「陛下。申し上げます」

あたふたとかけこんできたのは、こんどは、ワルド城の当直の近習であった。

「ただいま……そのう、またまたグイン陛下にお目通りを願いたいという魔道師が……参っておりまして……」

「また、魔道師か。さすがパロというべきだな」

ディモスが声をあげる。近習はいくぶん、緊張したおももちであった。

「それが、あの……このたびの魔道師は、ほかに数人の護衛を引き連れておりまして……あの、なりはごく尋常な魔道師なのでございますが、『神聖パロ王国宰相、上級魔道師ヴァレリウス』と名乗っておいでになりますが……いかがはからいましょうや」

「神聖パロ王国宰相、上級魔道師ヴァレリウス」

グインは、ゼノンたちのあげるおどろきのざわめきのなかで、あまり驚いたようすもなく、面白そうにいった。

「おお、思いのほかにずいぶんとまた早く到着したものだな。そうか、あの連中には〈閉じた空間〉とかいう、得意技があったのだったな。それにやはりなんといっても、ワルドはパロからはずいぶんと近いということか。むろん、会うとも。お通しするがよい」

「ほかの魔道師の面々もみなお通ししてさしつかえございませんでしょうか」

「かまわぬ。この広間にそのまま通っていただくがいい」

「かしこまりました」

近習が下がってゆく。またしても、ディモスとゼノンは驚きに目を見張った顔を見合わせた。

「とうとう、きたか」

「しかしまた、ずいぶんと早く、一番偉いのが出てまいりましたね……」

「ほかに、人材があまりいないのだろうな。ことに出来たばかりのカレニア政権にとってはだが」

グインはたくましい肩をすくめた。

「ことに、すでに現在両パロはイーラ湖のほとり、ダーナムで戦端をひらき、カレニア政府は、とぼしい兵力のかなりをそこに投入するを余儀なくさせられているときいている。もう、ただちに外国の救援の軍をたのむほかには、おそらく……」

グインは、数人の魔道師たちが、このワルド城の謁見の間とされている大広間に案内されてくる気配に、途中で口をつぐんだ。

広間に、一瞬にして、緊張がみなぎった――ディモスもゼノンもトールも、パロの魔道師宰相ヴァレリウスのうわさはきいている。それがまさしくパロ内乱の、アルド・ナリスとならぶ張本人、仕掛け人である、ということもわかっている。

魔道師ギールの使者をそっけなく追い返した以上、いずれはそれの上のものが登場してくることはわかっていたが、これほど早くに、これほど上のものが直接出てくるというのは、たぶんグイン以外は予想していなかったのだ。それに、魔道師たちの使う、通常の数倍早く移動できるという〈閉じた空間〉の術については、むろんうわさにきいて知ってはいても、もともと魔道にパロほど縁と親近感のないケイロニアの人間には、それほどの実感はない。

「グイン陛下。神聖パロ王国宰相、ヴァレリウス魔道師どのをご案内申し上げました」

ふれ係が、膝まづいて、丁重に言上した。

グインは、立ち上がる手間をかけず、巨大な、背もたれの高い玉座の椅子——それは、実のところ、ドース男爵が思いのほかにワルド城滞在が長引くかとみて、国王のためにあわてて、城のなかでもっとも大きな椅子を探しだし、錦の布で飾り立てて急ごしらえに用意したものだったのだが——に座ったまま、するどい目をゆっくりと、新来の客の上にそそいでいた。

ちょっと見た目には、たったいま、レムスの使者の魔道師ルエンが平伏していたのと、まったく同じ場所に、黒いフードつきマントの小柄な魔道師が平伏している——何ひとつ、変わっていないかのようにみえる。顔をあげておらぬあいだは、ほとんど、そのまま前の魔道師がそこにうずくまっているようにさえ見えるのだ。そのうしろに、さらに三人の魔道師が平伏しているところだけが、さきほどと違う。

だが、ゆっくりと顔をあげ、フードをうしろにはねのけて、ヴァレリウスが挨拶のために口をひらいたとき、ほう——というような顔を、グインの両脇に居流れているケイロニア指揮官たちはひそかに見交わした。

「神聖パロ王国にて、わが主君アルド・ナリスより、おそれ多くも分にすぎたる宰相の位をたまわり、魔道とカレニア政府の統率をもってお仕えいたしております、ヴァレリウスと申す上級魔道師でございます」

ヴァレリウスは、低い、だがよくとおる声で、型どおりに挨拶の名乗りをあげた。

「ケイロニア国王グイン陛下には、お心ひろく前触れなきお伺いに門扉をひらきたまい、かくはすみやかにお目通りをお許し願えましたること、望外の光栄と、このヴァレリウス、たいへん恐縮いたしております。また、一昨日は、わが配下の魔道師ギールなるもの、ぶしつけなるお願いに前もってのお目通りのお願いもなきまま参上いたし、その無礼にもかかわりませず、国王陛下おんじきじきにご丁重なるお返事をたまわりましたこと、まことにご感謝にたえぬ心持ちでございます。わが主君アルド・ナリスも、かく不備なる上にぶしつけなるお願いを申し上げたることを、汗顔のいたりと恐縮いたしておりましたことを、あるじにかわりお伝え申し上げます」

よどみなく――だが、能弁、とか、流暢、という感じでもなく、淡々と言上する魔道師宰相ヴァレリウスの上に、ケイロニアの指揮官たちの好奇心にみちたまなざしが集中した。

かれらの目にうつったのは、小柄な、さほど風采もあがらない――その上に、ひどく痩せて、それこそここに居流れる、よりすぐったケイロニアの美丈夫たちからみれば路地のネズミ《トルク》のように貧相な、黒いマントの魔道師であった。

だが――にもかかわらず、おそらくは誰しもが、「この男は、このあいだの魔道師とは格が違う」「この魔道師は、ただものではないのだ」ということを、わずか一瞥にして感じたにちがいない。

見かけはいたって貧相であったが、フードをはねのけてあらわになった、そのひいでたひたいと、うしろにかきあげて縛った髪の毛、そして灰色のひとみ――決して秀麗とも、端正とも言い難い容貌であったにもかかわらず、その男の顔立ちには、何かふしぎな力があった。それは、さきほどのレムスの使いにも、数日前のカレニアからの魔道師にもまったくそなわってはいなかったものであった――それは、魔道の力を示すものであるのかとも見えたし、それ以上にしかし、おそらくは、当人の人格の力を感じさせるものであった。

これ以上痩せられぬほど痩せて、ほほもこけ、目もおちくぼみ、行者のようにするどく、けわしい顔をしていたが、その灰色の目は、何かもはや、死線をいくたびもこえてきたもの、地獄の底を見て、さらにそのなかでしか生きられぬと心定まったものの、ふしぎな安楽と、そして悟脱の境地をさえ感じさせて、たかく澄み切っていたのである。その目は、ふしぎな明るいロウソクのように、おそれげなく正面からケイロニアの豹頭王を見つめ、いささかも臆するところも、構えるところもなくそのトパーズ色の不思議な目を受け止めて輝いていた。

「御丁寧なる御挨拶いたみいる。カレニア、神聖パロ王国宰相、上級魔道師ヴァレリウスどの」

トールたちがひそかに驚いたり、苦笑したりしたことに、さきほど、レムスの使者の魔道師には、「ケイロニア人にはパロ流の礼儀作法は無用」とほざいたはずのグインが、まことに流麗に答えたのであった。

「おんみとはかねてより旧知の間柄につき、われにとりては再会の喜びをもたらしくれる好機なりしとはいえ、ここまで貴殿のご足労をうながす結果になりたることは、げんざいさぞかしご多忙、ご心労多くあられよう卿に対しまことに申し訳なき仕儀であった。まずは、ケイロニア王より、深くお詫び申し上げねばなるまい」

「とんでもなきこと」

灰色の目をかすかにきらめかせて、ヴァレリウスは答えた。

「わがあるじアルド・ナリスも、本来からだ自由なりせば、この存亡の大事をわれヴァレリウスごときにはゆだねず、ただちに当人にてワルド城へかけつけ、お目通り願い、心のうちをときあかしてお聞き願いたきものをと、それが痛恨のきわみとくやんでおりました。かく申し上げてはまことにご無礼ながら、過日お初にお目もじ得ました折には、わたくしは一介のパロ使節団の下っぱ、国王陛下にも、たしか百竜長にておわせしこと、いまだ記憶に新しく――まずは、ご即位のお祝いと末永きケイロニアのご繁栄を願うことばをこそ、申し上げるべきところ、かくもあわただしき無礼なるご面会のお申し入れになりましたことを、陛下のご寛大なるお心をもちまして、特にお許し願わしゅう存じます」

「さよう、すぐる折――あれは、わが岳父アキレウス大帝の、即位三十周年式典のみぎりであった」

面白そうにグインは云った。

「その折、そこもとと庭園にて、また饗宴の席にても、正式の謁見にてもいくたびかお目にかかりし記憶はわが心にもいまだなまなましい。だが、そこもと――変わられたな。それについては、われもひとのことは申せまいが。こう申しては失礼ながら、ずいぶんと、いろいろとご苦労なされたようだな、ヴァレリウスどの」

「は」

　ヴァレリウスは、目をあげた。そして、正面からグインを見返して、しずかに笑った。

「苦労、いたしました。――陛下には、まことに……なんとも、ご立派になられまして」

「これは、これは」

　グインは声をあげて笑い出した。

「さよう、これは、いうなれば旧友再会ということになる。もはや、堅苦しい礼儀は無用であろう。まあ、ここはあまりにも窮屈だ。あちらにあらためて席をもうけ、まずは、さぞかしお急ぎ、お心せきでもあろうが、一献さしあげさせてはいただけぬか」

4

「久しいな。ヴァレリウスどの」

あらためて――

奥の居間のとなりの小客間に、席をもうけさせ、「密談するゆえ人払いを」と命じて、グインは、ヴァレリウスのみをそこに招じ入れさせた。むろん、ヴァレリウスの護衛にともなった魔道師たちは当然のこととして、ディモスやゼノンたち、ケイロニアの指揮官たちもとおざけられた。

二人きりでの密談ときいて、トールはちょっとイヤな顔をしたが、もう、グインのことはよく心得ている。あえて、それに苦言を呈そうとはしなかった。

「まことに……おひさしぶりで……」

ヴァレリウスは、二人きりになると、いくぶんほっとしたように、だが非常な好奇心を隠そうともせずにおおっぴらにくつろいでグインを見つめた。グインも堅苦しい国王のよそおいをぬぐことができてほっとしたように、ヴァレリウスの好みをきき、小姓に小客間に飲み物を運ばせた。

「いったい、あれからどのくらいの年月がたったのかな？——ずいぶんと、お互いに運命も変わったものだな」

「さようでございますねえ。——あなたさまはあの折はただの百竜長でいらした。あのときの坊や、ゼノン将軍ですね。彼が、『これでよろしいか、百竜長』というのをこっそり隠れ聞いて、ケイロニアでは、将軍が百竜長に指図をあおぐのかと、ぶったまげたことをよく覚えておりますよ。なんだかまだ、昨日のことのような気がするのですが」

「ああ、俺もなんだか、あのみぎりのことがすべてまざまざと思い出され、昨日のことのような気がしてならぬ。……だが、あれはもう、何年も昔のことなのだな。俺はあれから、二度のユラニア遠征と、そしてキタイ遠征をかさね——そして……」

「数々の輝かしい功績により、ついにケイロニア王となられ」

ヴァレリウスはつくづくと云った。

「でも私はちっとも不思議とは思いません。陛下はあのときから……なんというか、まったくなるべくしてそうなられた、としか私には思えませんよ。陛下はもうお忘れかもしれませんが、私があのとき……王陛下にするお辞儀をさいごにしたのを、ご記憶ですか」

「覚えている」

グインは吠えるように笑った。

「おぬしは、確か、俺がおぬしと話ができて面白かったぞ、といったのに対して、『かく王はのたまいき』とほざき、そして、王への礼をしたのだ。そのあと、俺とおぬしは握手して、おぬしは『あんたはすぐにケイロニアの将軍になるだろうな』といったのだ」

「そして陛下はそれにたいして、『おぬしの名は覚えておく、ヴァレリウス』とおっしゃったのですよ。それにまた私はたしか、『その名を思い出すのが、パロ‐ケイロニア戦役の戦場でないように祈りましょう』というようなことを申し上げたので。——さいわい、ヤーンのお導きによって、それは……」

ヴァレリウスは途中でいいやめた。

グインはじっとそのヴァレリウスをふしぎな感慨をこめたトパーズ色の目で見つめた。ヴァレリウスはグインがそのことばの先を続けるのを待つかのようにじっとグインを見つめ返して黙っている。グインはかすかに苦笑した。

「ずいぶんとおぬしも苦労したと見えるな、ヴァレリウス」

グインは、しみじみと上から下までそのヴァレリウスをあらためて見回しながら云った。

「俺の知ったあのときのおぬしは、なかなかにひょうきんで、愉快な……パロの、しかも魔道師にもこんなやつがいるのかと感心したほどに、その若さですでにどこか達観した感じのする、率直で若々しい魔道師だった。いまのおぬしをみていると——ウム、なんといったものだろうな。その魂の色あいが……ずいぶんと異なってきたかのように俺には見える」

「おおせのとおりだと思います」

そっと、ヴァレリウスはいった。そして、なにものかを——あるいは、そのなにものかをいつくしむおのれ自身をいとおしむかのように、そっとおのれの首にかけたゾルーガの護符をまさぐった。

「たぶん——私は達観など、しておらなかったのですよ、ちっとも。というより、あのときもし陛下の目に少しでも、私が達観しているように映じたとしたら、それは、達観している、というふりをするのを若気のいたりで楽しんでいたか、さもなくば、あまりにも何ひとつ知らなかったからこそ、達観していると愚かにも思いこむことができていたのに違いない。いずれにせよ、ばかな話です。いまの私なら、あのころの私が目の前に出てきたら、そのあまりに何ひとつわかっておらぬこと、知らぬことに、ぞっとして、魔道で消滅させてしまいたくなると思いますよ。まったく、おのれでいうのも何ですが、かつてのわたくしは、何も知らぬくせに思い上がった、ばかな若僧でした」

「いや、俺は、あのころのおぬしはとても好きだったよ」

グインは云った。

「といって、いまのおぬしが嫌いだとかいうわけではむろんないがな。いまのおぬし……」

またしても、あらためて、グインは、するどい目をヴァレリウスに注いだ。ヴァレリウスは、じっと、灰色の目に、ことばにはつくしきれぬほどのさまざまな思いをこめて、そのグインの目を受け止めた。

「ふむ、何かを見いだした——というべきか、それとも、何かを乗り越えた、というのか？　そういう目をしていると思う。……いまのおぬしは怖いな。俺ならば、いまのおぬしと正面きって戦いたいとは思わぬかもしれぬ。いまのおぬしは——ウム、何ひとつ、もっとも大切なもののために、恐れるものがこの世にない、そういう顔をしている」

「——ええ」

ヴァレリウスは一瞬ためらってから、かすかに微笑した。

「ええ、たぶん」

「死線をこえた者、とでもいうのかな。……ずいぶんと、つらい思いもしたのだろうと思えるが」

「私の辛い思いなど、所詮、大義の前にはどうでもよろしいことだし——私の一生さえも、私などのいのちも思いも、悠久の時の前で、所詮はヤーンのつづれ織りのただひとかけらの模様にすぎぬのだ、と思うようになったからでございましょうかねえ」

ヴァレリウスはまたほほえんだ。

「でも私のことなど、つまるところ大したことでもございません。――陛下は、また、いちだんと立派におなりで――でも、ほとんどかわってはおられませんね。ただ、どんどん、そのままでご立派になられて」

「立派かどうかなど俺にはわからんが、まあ、前々から俺は偉そうだったらしいからな」

グインは笑った。

「よく、陛下――いや、つまり皇帝アキレウス陛下のことだが、そう怒られた。お前ほど態度のでかい、偉そうなやつは滅多にいないぞ、とな」

「それはもう……お身にそなわる貫禄というもので」

「おぬしが、そんなことをいうのは、あまり似合わぬし――それに、内心は、それどころのひまなどなくてやきもきしているのだろう。旧交をあたためるのはもういい。それよりも、用件に入ったがいい」

「は……恐れ入ります」

「といっても、おぬしからはどうしようも――俺のいらえをただ待っている以外、どうしようもないのだろうが」

「おおせのとおりで。──ケイロニア王グイン陛下」

ヴァレリウスは、つよい目で、ひたと、グインを見上げた。

「ご助力を、たまわることはできませんでしょうか。──もしも、ケイロニア軍の援軍がなければ……わが軍はおそらく、あと……もってあとひと月、もしもカレニアにこもってなんとか守っても……半年とは……」

「そこまで、カレニアの情勢は切迫しているのか？」

「しております」

ヴァレリウスのおもては、かつて誰もみたことがないであろうほど、暗い、真剣な表情をおびた。ヴァレリウスは、机の上に身をのりだして、必死のおももちでグインのトパーズ色の目をのぞきこんだ。

「ともかく、何を申すにも最初から……最初からわかっていたことではございましたが、あちらと我々ではあまりにも兵力が違いすぎております。それでも、マール公騎士団の参戦によって、かろうじてかたちをつけ、これまでなんとか──カレニア政府を名乗るまで、かろうじてなんとかなってまいりました。でもこれでも本当は……かたちをやっとつけているだけのことにすぎませぬ。……もしも、いま、カラヴィア公があちらにつきさえしたら、もう、われわれはすべて終わりです。──また、そうでなくとも──カラヴィア公があちらにつかぬまでもこのまま動かず、ケイロニア軍が、あちらにつかぬまでも、うちにもついて下さらぬとなれば——」

「……」

「まずは、なんとか、いずれケイロニアの援助が得られれば——カラヴィア軍がつきさえすれば——それだけを希望に持ちこたえさせていた、うちの兵たちの志気が、もうこれ以上維持できぬ限界にきてしまいましょう。そもそもがまったく無謀な反乱でしたし、ある意味では玉砕を覚悟しての言挙げでもありましたし——僥倖や、もろもろの思わぬ援助や……もしかしたら敵がたに踊らされて、なんとかここまで、よろよろとやってきましたが、もともとが、頼みに出来るのはカレニア軍だけと思ったほうがよいような、とぼしい兵力による強引で無謀きわまりない旗揚げ——そのことも、よくわかっております。知っての上でのあえての旗揚げだったのでございますから……カレニアもサラミスも確かに決して貧しい地方ではありませんが、とりたててパロのなかでもっとも豊かというほどでもありません。ことにカレニアは森林地帯、穀倉地帯とは申せませぬ。民衆の忠義とカレニア王への志は間違いなくとも、それをささえる経済力と兵力にはあまりにも限界のあるところ——マール公がこちら側についてくれたことはこのところの最大の喜びでしたが、それも——もしもあちらが、一気に本拠をついて、頭を叩きつぶすのが一番早い、という気持にさえなれば、マルガ攻め、カレニア包囲がはじまりましょうし、そうなれば……マール公軍をありったけ投入したとしても……おそらく……もっ

てふた月……」

「……」

「もうひとつには、やはりナリスさまのおからだのことです。ナリスさまは、多少変わられました。……伴死から無事生還されたとはいうものの、なんといったらいいのだろう——」

ヴァレリウスはちょっと苦しそうに両手をもみしぼった。

「なんというのでしょうか。それこそ、死線をいくたびかこえてこられて……死の世界をかいま見られて……現世のことに御興味をなくされた、とでもいうのでしょうか……いや、もちろん、反乱によせる志のほど、それ自体は何ひとつかわってはおられなくとも、なんといえばいいのか——どこか、遠くにおられるようなあの感じが……」

ヴァレリウスはもどかしそうに、どういえばおのれの感じている漠然たる不安が正確にグインに伝わるものかと、くちびるをかみしめた。それから、うめくように先を続けた。

「それはおそらく——私ほどお近くにいるものだからこそ感じているだけのことであったにせよ、しかしもともと、あのおからだでは、先頭にたって戦うことはできません。そう、つまり、だから……このように申し上げればよろしいでしょうか。いまの我々には……反乱軍には、志気を鼓舞してくれる材料が何もないのです。——カレニア地方はもともとナリスさまの領土です。それゆえ、ナリスさまはカレニア、マルガにあっては神様も同然、その、カレニアとマルガの、ナリスさまへの圧倒的な崇拝があればこそ、なんとかこれまで持ちこたえておりますが、もとより……あのおからだで、いったい何ができるのだ、あのようなかたが、政権をとったとて、どうにもなるまい、そもそも王妃リンダさまもクリスタル・パレスに幽閉され、このままでは、むろんあとつぎを得ることもお出来になるまい。お世継を得るのぞみもなく、クリスタルから政権を奪うまでの可能性もなく、いたずらにカレニアに、一地方の反乱軍の頭目としていかに神聖パロ王国などと名乗ろうとも、すべてはただの、長い不自由な暮らしで頭のおかしくなった病人のざれごとにすぎぬのではないか、と思うものも当然……それなりにいて当たり前ですし、それはクリスタルのみならず、カラヴィア、ほかのパロ全域にも……」

「……」

「それでも、私は……私たちは、のりきらないわけにはゆかない……なんとか、はじめてしまった反乱を成功させないわけにはゆかない……」

「何故だ？」

ふいに、グインは斬りつけるようにたずねた。ヴァレリウスはびくっとした。

だが、動揺したようすはなかった。そのくらいで動揺するには、もうあまりにも彼は世の辛酸をなめすぎていたのだ。

「何故、そうまでして、そんな思いまでして反乱を成功させなくてはならないのか、とおたずねなのでしょうね？——そう、私も……何回となくそれを自問自答したものです。俺は、のりかかった船だから——うかうかとはじめてしまったことだから、もう中途でやめるわけにもゆかずこうして反乱政府の宰相などという、もし万一にこの反乱が失敗におわれば、責任をとっておのれひとりが極刑に処せられるのはまだしも、私たちを信じてついてきたすべての人々、その崇高な犠牲のすべての責任を背負い込むような恐しい立場におのれをおいてしまったのだろうか？　いったい、俺は何のためにここまでするのだろう……？」

「……………」

「私はもともとが、あらそいごとなど好まぬ人間ですし、いま私の右腕になってやってくれている参謀長にいたっては、一切の殺人を本当はゆるさぬ、ミロク教の信者なのですよ。でも、彼も——そう、彼もまた、おそらく心は血の涙を流しながらいくさの参謀をつとめ、いざとなればナリスさまをお守りするためにおのれの手で敵を殺す覚悟をつねにもちつつ——そのために死後にはミロクの地獄におちること覚悟で、ついてきてくれています。ほかのものたちも大勢——それらの人々への責任もすべて、私のこのやせこけた肩にかかってきてしまうのですから……あまりにも荷が重すぎますよ。陛下がおっしゃるとおり、私はもともと、ひょうきんで皮肉屋でちょっと斜にかまえているだけの、ただの陽気な魔道師にすぎなかったんですから。——ああ、じっさい、どうしてこんなことになってしまったんでしょうね？　どうして、こんなとんでもない責任を私は背負い込むはめになってしまったんでしょうね？——私は、なんだか、カナンをせめほろぼす役割をひきうけることになったヤーンの使い、あの運命にとりつかれた男リチウスになってしまったような気がしますよ！」

「ふむ……」

グインは、このヴァレリウスの、愚痴といったほうがいいくりごとをじっと耳をそばだててきいていた。

それから、ゆっくりと同情的にうなづいた。

「なるほどな。……よくわかった」

「え？」

「よくわかったといったのだ。——おぬしは、それでは、アルド・ナリスどのに見込まれて——魅入られて、といったほうがいいのかな、いずれにもせよアルド・ナリスどのの影響で、そこまでおのれを追い込んでいったということなのか？　それだけなのか？」

「いや、アル・ジェニウスの——ナリスさまのせいにする気はありませんよ」

ヴァレリウスは率直にいった。

「それは、私が自分で選んだことです。本当は、もどれるときは何回もあったはずです。何回かは私もいまだに覚えているくらいにはっきりと。そのたびに、そこで踏みとどまりも、あともどりもせず、奥へ、奥へと踏み込んでいったのはまぎれもなく私自身です。私が、自分を自分でここに連れてきたんです。ナリスさまのせいじゃありません。——私が——私が、ナリスさまを……おひとりにできなかったんですよ、最初はね」

「いまは、違うのか」

「さあ、いまは……」

ヴァレリウスはまたちょっと笑った。

「どうなんでしょう。なんだか、また何かが変わろうとしてるんだろうか、という気がして……私は不安でしかたがないんですよ。……ナリスさまが変わられるのだろうか……本当をいうと、ほかのことはすべてどうでもいいような気もするんです。だって、ナリスさまがどうなられるかによって、ものごとはみんな、良くなったり悪くなったりするんですからね。ナリスさまがもしも、神聖パロの聖王として、必死に反乱を成功させようと望んでおられるのだとしたら、私はもうそれだけでいいんです——ナリスさまをお助けして、その望みをかなえてさしあげるために、このいのちをささげるというだけで——そうしたらどんなにものごとは簡単かと思うんですよ。ナリスさまにとってもね。——だけど、あのかたは……なんだかいま、とても——もっともっと遠くを、俺には見えないほど遠いところをまた見ておられるような気がしてならない。こんどは俺はついてゆけるのだろうか、こんどこそ、あのかたはもっともっと遠いところへ魂ごといざなわれていってしまうのではないだろうか――」

「おぬしのいうことは、詩的でよくわからんな、ヴァレリウス」

「詩的、ですか。……そうかもしれませんね」

ヴァレリウスは苦笑した。

「でも……中原を救うため、などというたわごとをほざいてみても、名だたるケイロニア王グイン陛下のお心にちょっとでもとどくとは、私には思えないんですよ。よしんば私のなかにも、ナリスさまのなかにも、本当にそういう気持はある、ということはわかっていただけたにしたところでね。だとしたらもう――本当の私の気持をお話して、それをどう受け止めていただけるかを賭けてみるしかない。反乱をはじめた以上は勝ちたいし、勝たせたいし……生き延びたい、死にたくない、死なせたくない、おのれの信念が正しいと信じているし、それを証明したい、神聖パロ王国がもしもパロ全土を版図に入れることができれば、それでパロはキタイの蹂躙から救われるかもしれない……それはすべてひとつのいつわりもありません。グイン陛下のようなかたの前に出るのに、ほんのちょっとでも、うそいつわりや、技巧があったところで、どうしようもない、そのことを私は最近とてもよく学んでいますのでね……圧倒的な存在の前では、ただ、いっさいの嘘のないおのれ自身をぶつけてゆくしかない、ということが。ですから、こうして私自身がやってきたのです。——そう、私は、勝ちたい、勝って、リンダさまを取り戻し、クリスタルを取り戻し、パロに平和をとりもどし——ナリスさまをクリスタル・パレスに戻してさしあげたい。そのために私は戦っています。もうたぶん、私の人生はそのために捧げられてしまうことになるでしょう。ちょっとは、やってみたいことや、こうしたいなということもあったのですけれどもね。でももうことここに及んではそんなごたくをほざいているひまもない。私はヤーンの大潮に飲まれるように、ここにきてしまった。……ああ、でも、私のほうからうかがいたいですよ。陛下は、キタイにゆかれて、そして、あちらのようすをごらんになってこられた。——キタイ王、くだんの竜王のことも——まさかお会いになってはいないでしょうが、多少は知っておられる、中原ではほとんど唯一の人物ではないかと思います。むしろ、こうして陛下が、長年のケイロニアの内政不干渉原則を破って出兵してこられたというのは、その——」

「………」

「その、陛下だけがご存じであられるキタイの状況というのが——大ケイロニアが出兵しなくては中原があやうい、と感じられるようなものだったから、なのではないのですか？——本来なら、私たちのような、さほど力もない反乱軍は、外国の援助などとうてい受けるすべもなく、いずれは圧倒的な国王の兵力の前におしつぶされて消滅していって、内乱が終わるだけのことです。だが、あちこちの軍勢が——なかにはパロへの野心をもやしてにすぎないものもあるにせよ、動き出している。……これは、やはり、何かの地鳴りのきざしを感じてのことではないのでしょうか？」

「ふむ——そうだな……」

「私がどうしても、この兵をおこさなくてはならぬと感じたのは……ナリスさまだけが知っておられるパロ宮廷に伝わる古代機械の秘密、それをキタイ勢力が、やっきになって手に入れようとしている、という切迫した状況を感じたからでした。——ナリスさまがもし、その古代機械の秘密を渡してしまえば、どういうことがおきるのか、私には……私には具体的に想像することはできませんが、しかし……」

「キタイの軍勢が、最終的にはいつなりとも好きなときに、中原に飛来し、そこを支配できるようになる、ということになるのだろうな」

グインが重々しく答えたので、ヴァレリウスはなかば飛び上がった。

「なんですって。陛下は、それを」

「キタイの竜王ヤンダル・ゾッグは、現在、古来の首都ホータンを捨て、新都シーアンを建設し、そこを全世界をねらう侵略基地として整備しつつある」

グインはゆっくりといった。ヴァレリウスの目がするどく光りだした。

「新都シーアン……全世界をねらう侵略基地！」

「そしてそのために、ホータンに限らず、キタイの全土において、非常に奇妙なことや、ふしぎな現象がたくさん行われつつある。竜頭の、ヤンダルの騎士たちによって、無数の奴隷が集められ、妊婦や若い女が連れ去られていけにえとされているらしい、といううわさもある。その妊婦や若い女をいけにえとすることによって、シーアンではおそるべき黒魔道が行われ、それによって、キタイはいながらにして全世界を支配できる計略を着々と実現しつつある」

「おお」

ヴァレリウスは短く云った。それから、またいった。

「おお」

ひっそりとしずかなワルド城の奥まった一室は、いよいよしんとしずまりかえっている。

第四話　ヤーンの翼

1

ゆっくりと、グインはおのれに言い聞かせるかのようにいった。

「でなくば――俺はこのような……いましているような行動はとらぬ。ケイロニアの安泰だけを守り、これまでのアキレウス陛下の外国への不干渉原則をつらぬくのみで、ケイロニア王としての責務が果たせると思えば、俺は――決してこのような遠征をわざわざ仕組んでわが国に負担をかけることはない。――俺はキタイで実にさまざまのものを見聞きし、経験し、知った。キタイで起こっている、数々の不思議な出来事、古い土地神たちと、キタイの竜王の相剋もまさに俺のこの目で見たし、また、キタイの古い体制が竜王の前にどんどんくつがえされつつあることも見た。――そして、黒魔道師たちが《暗黒魔道師連合》と呼ばれる連合を作り、なんとか必死にこのおそるべき新勢力の台

「俺は見たのだ」

頭をくいとめようとしている——俺がまきこまれたのはまさにその死闘のまっただなかにほかならぬ。これはまったく俺にはひとごとどころではない。黒魔道師——〈闇の司祭〉グラチウスが、その手下、エウリュピデスと名乗っていたあのけしからぬ淫魔に、ケイロニア皇女シルヴィアを誘拐させたのは、ほかならぬこの俺をキタイにおびきよせようというたくらみにまぎれもなかったのだからな」

「おお」

また、短くヴァレリウスはいった。そして、じっと、なにかのこみあげてくるのに耐えるかのように、ゾルーガのペンダントをにぎりしめていた。それを握りしめていさえすれば、そこから、たしかに遠いあるじの心臓の鼓動とおのれの鼓動とがひびきあい、おのれの思いが伝わってゆくはずだと信じてでもいるかのように。

「俺はしかし、たとえいかにグラチウスの言に理ありといえども、グラチウスに利用されることは許せなかった——また、グラチウスを、そこまで中原のために無私によかれと思うともまったく信じることはできなかった。俺は、かねてからグラチウス自身が俺のもてる力を利用して、中原を私しようとたくらむことを知っていたし、何回かじっさいに、そのグラチウスのたくらみにあやうくまきこまれかけてもいたからな。——それに、黒魔道師の連合というような、中原の歴史がいまだかつて知らぬ事態がおこったとして、それが何をもたらすか——黒魔道師は所詮黒魔道師だ。その意味ではキタイの竜王もなんらかわらぬ存在にすぎぬ――どうした」

「――いや」

グインにいぶかしむように見つめられて、ヴァレリウスは恥じるようにおもてをふせた。だが、その目には、かすかに光るものがあった。

「ばかなやつだとお思いになるかもしれませんね。魔道師のくせになんと感傷的な、感情的なやつだと」

ヴァレリウスはおのれの口にしようとしていることばを恥じらうかのように、ゆっくりといった。それから、そっと魔道師のマントの袖で目がしらをおさえ、心をおちつけ、そしてひたとグインを見上げた。

「あなたがいて下さってよかった。――あなたにお会い出来てよかった。――何をおかしなことを、ばかげたたわごとをとおっしゃられるかもしれませんが――私は、嬉しいんです」

「嬉しい？」

「ええ、そうですよ。……なんだか、ね。いま、あなたがおっしゃっていることばをきいていたら、私は……なんといったらいいんでしょうね、『お前は間違っていない、お前は正しいのだ。お前のしていることは、間違ってはいないのだ』って、ヤーンその人に、いわれているような、そんな気持さえしたんですよ。――だってそうでしょう。私はずっと……ずっと孤立して……いや、もちろん味方はいましたよ、でもその味方はみんな半信半疑というか……べつだん、そんな中原の危機だの、キタイがどうの、そういうことじゃなくてね。ナリスさまの側の味方だからとか、あるいは……レムス王に個人的な恨みがあるとかね。それとも、もっとはっきりした利害関係、ナリスさまの側についたほうがなんらかの理由で得だとか、まあそれぞれにいろいろな個人的な理由があって、味方になってくれた人たちでね。——中原の危機だ、レムス王はキタイ王の傀儡だ、本当はそんなこと、誰一人信じていやしないんじゃないかとさえいう気がするときがあるんです。どれほど忠実な私たちの味方として行動していてくれるものたちでさえも。——みんな、すべてはただのまやかしではないか、と内心思いながらそれぞれのさまざまな利害や理由によってくっついてきている、というこの——私の感じていた孤独——その、竜頭の騎士がね、そいつらが突然あらわれてパロの、クリスタルの町中で荒れ狂ったときでさえね。あれはただの魔道だ、幻術だ——それだけのことだって。それじゃ、陛下は、竜頭の騎士をごらんになったんですね」

「もっと、さまざまなものを見たさ」

というのが、グインのいらえであった。

「見ておらぬものにはとうてい話してもわかってはもらえぬようなものをな。そして俺はキタイで、竜王その人の俺に働きかけてくる心話をも確かにきいたのだ。そやつはこういった——確かにな。……われとおのれとはいずれまみえるであろうがいまはまだそのときではない。おのれが建設しつつあるおそるべき究極の都シーアンが、古代機械の秘密を握る唯一の存在と——そしてまた、いまひとつの……秘密を握る存在をふたつながら得たとき、シーアンはそれ自体が生命ある都市としての完成を迎え、そのとき世界は震撼するだろうとな。……さまざまな予言は、俺がいずれ、ふたたびキタイにおとずれてそのシーアンと対決するであろうことを予告した。……それがまことになるやいなやは知らぬ。だが、俺は、竜王の心話を通してそのパワーにふれた。……俺は、レムスが竜王に憑依されているかどうかはこの目で見るまではなんともいえぬが、竜王がもしも中原に乗り込もうとしているのならば、それを阻止するのは、まさしく俺の役目、俺のほかにおらぬと考えている」

「おお」

また、ヴァレリウスはいった。

そして、こんどは、何かをかみしめるようにじっと目をとじていた。

ややあって、そっと目を開くと、彼は、つと手をさしのべた。

「こんなことを申し上げては何ですけれども……グイン陛下。あなたのお手を……握らせていただいてもよろしいでしょうか？」

「かまわぬ」

グインはおおように手をさしのべた。ヴァレリウスは、そっと、ふしぎなものにふれるようにその大きなたくましい手にふれ、痩せた指の長い両手でそっとつつみこむようにして、まるで何かどこかの神殿の神体にでもふれることを許されたかのように敬虔なしぐさで目をとじ、しばらくじっとしていた。それから、目を開いて、いくぶんおもはゆそうにその手をはなした。

「いつもこんなふうに感傷的な行動をとるやつだとは、お思いにならないでいただけたら嬉しいですが」

ヴァレリウスは恥ずかしそうにいった。

「本当に——私は嬉しかったんですよ。たぶん……ナリスさまのほうがもっと……お喜びになる、というようなことばでは追いつかない……新しいいのちをあなたがくれた、ような気がなさるのじゃないかなあ。そして私は……私は、自分はなんて賢いんだろう、あなたの前で、何ひとつつつみかくさず、おのれのおかれた状況もおのれの感じていることも、おのれの能力の限界やいろいろもろもろのおろかしさやばかばかしさや人間としてのつまらぬ欲望や気持も、何ひとつ隠そうとせずに見せてしまっていて、なんと正しかったんだろうと思うんですよ。……私たちは、正しかったんですね。キタイの竜は、中原に脅威をもたらそうとしてうごめいている——そして、そのために古代機械をねらい、それの秘密の番人というべき、ナリスさまを手に入れようと画策している。すべて、ナリスさまが、そう読まれたとおりだったんですね。はるかなキタイで、〈闇の司祭〉グラチウスが先導して《暗黒魔道師連合》が——ナリスさまは、その存在を予測しておられたんですよ……その呪われた黒魔道師の連合がたくらまれ、そして、それはキタイの侵略をはばもうとするものであるとはいえ、それもまた黒魔道の邪悪なもので……そう、私たちのしてきたことは間違っていないんだ。それは、そう思っていましたよ……ずっと、どれほどその確信がゆらいでもゆらいでも、お互いだけを頼りにそう信じ続け、おのれたちこそが正しいのだと信じ続けようとしてきました。でも、いま、あなたがそういって下さると……私は……」

「俺は、ただ、おのれが見てきたもののことをいっているだけだ」

グインはヴァレリウスのその感慨を断ち切るかのように、いくぶんぶっきらぼうにいった。

「それに、それでもすべてではない。——この世にはどうやらあまりにもさまざまな、常人の知るすべもないことがあるようだ。俺はどうやらそちらの領域に多少属してもいれば……」

グインはつと手をあげて、おのれの豹頭をさぐった。

「また、そちらの領域からたえずひきこまれようとしているらしい。まあ、おぬしらもつまるところはそれにまきこまれた、ということなのだろうな」

「ナリスさまがどんなにお喜びになるか」

また、こみあげるものを飲み下すようにヴァレリウスはつぶやいた。

「だから……そうですよ。だから、私はなんだか……いつもずっと……そんな気がしていました。グイン陛下と……ナリスさまが……直接お会いになるとき、きっと世界はかわる、と……何かがおこる、そして、何かがはじまる——と。いまでも、その奇妙ななんともいいようのないざわめきを感じるのです。まるでヤーンの運命の翼が私の胸のなかではばたいているみたいに。ああ……あなたは何者なんだろう。そうやってどれほど多くのものにこれまで、あらたな運命を運んでこられたのだろうか。なんというおかただろう。まるでヤーンの申し子のような——あまりにも、人間に背負えるにはふしぎすぎる運命を背負った——またしても感傷的ないいぐさだと思われるかもしれませんが……私は、このところあまりにもいろいろなものを見聞きして……ちょっとばかり、脳味噌が煮え立ってしまっているんです。なにしろ……このちっぽけなただの魔道師にすぎない私が、世界三大魔道師のなかの二人までと結局出会ってしまったし……それにつぐ魔道師とも……懇意になった、といっちゃああまりにも言い過ぎなんでしょうが、ともかく知己を得たし、いったいなんだってこの私が、こんなちっぽけな、何の力もない私が——そしてこんどはあなたと……私は、恐しいくらいですよ。いったいなぜ私なんだろう。なぜ私がこんなことになるんだろうって……」

「また、おぬしのいうことはよくわからんが」

グインはちょっと笑った。

「なんとなく、いいたいことはわからんでもない。——が、ともかく、それはさておいて、これからのことを実際的に考えなくてはならんだろう。俺は……これもあらかじめいっておいたほうがいいと思うが、近々にレムスと会うだろうと思う」

「何ですって」

ヴァレリウスは、瞬時に、ぎくっとしたように、やせたおもてをひきしめた。そして、うかがうようにグインをにらんだ。

「レムスと会う？」

「ああ、最前、お前のくるちょっと前に、レムス王からの使者の魔道師がやってきた。そして、レムスと俺との会見を申し込んできたので、パロ国境内では不可能だが、自由国境ならばといってやった。まもなく、その返答もやってくるだろう。あちらも魔道師の伝令ゆえな。魔道師の連絡網は手早くてそれだけはうらやましいな。といって、いまさら俺が魔道師のわざを使うわけにも、習うわけにもゆかぬ以上、うらやんだところでどうなるというものでもないが」

「正気ですか。——と申し上げては失礼ですが、本気で、レムス王とお会いになるおつもりなんですか」

ヴァレリウスのおもてがいくぶんけわしくなっていた。だが、グインは動じたようすもなかった。

「正気だし、本気で会うつもりだ。何かおかしいのか。ヴァレリウス」

「いや……」

ヴァレリウスはちょっと黙った。そして、懸命に心を落ち着けようとするかのように、机の上に出されていた茶をとって、唇をしめした。

「それは……それは、陛下にしてみれば――公平を期してその目で確認されようと、お思いになるのは――当然のことかもしれませんが……しかし、それは」

「……」

「それは、――危険です」

「わかっている」

「いいえ。おわかりになってはおられませんよ」

ヴァレリウスはさからった。

「失礼ながら陛下は……キタイで、直接その、竜王の心話をお受けにもなったということで……おそらくは、ご自分ならば、その影響をうけることはなかろうと安心しておられるのです。こういっては何ですが……私でさえ、上級魔道師の私でさえ……きゃつが植え込む《魔の胞子》に気づかなかったんですよ。そして、それを、ある偉い魔道師に偶然会ったので、とりのぞいてもらえました。でなければ、恐しい——考えるだに恐しいことですが、いまごろは私はしだいに成長する《魔の胞子》に脳をのっとられ、ナリスさまのもっともかたわらにありながら、ナリスさまを害せんとするキタイの手先になりはてていたに違いない。それがまさにきゃつらの狙い目だったんでしょうし。考えただけでもぞっとします。きゃつらは、死人の死体をあやつって、ゾンビーとして自由におのれの思い通りに動かす禁断の術も、またそうやって、生命ある人間の脳をしだいにのっとってしまうおぞましい術も使うのです。もしも、あなたが、きゃつらにのっとられ、きゃつらの手先になってしまったら——中原は文字どおりおしまいです。あなたが唯一の、さいごの、本当にさいごの希望なのじゃないですか。中原がありうべき秩序を回復するための、本当の、さいごの」

「そんな大仰なものかどうかは知らんが、おぬしに案じてもらうことはない。俺は、おのれの身はおのれで守れるさ」

「そう、思っておられても」

ヴァレリウスはなおも必死に食い下がった。

「誰だってそう思っていたはずです。私だって思っていました。自分が、あやうくナリスさまを拉致する手先になる術をほどこされて、知らず知らずナリスさまを裏切るところだったなんて、誰が思ったでしょう。そのくらい、きゃつらは危険なんです。直接にお会いになるのだけは、どうか。どうか」

「心配はいらぬといっているのがわからんか」

グインはいくぶん面倒くさそうにいった。

「なるほどな。おぬしはとても頑張っているやつだと思ったが、そのあたりがおぬしの問題か。……おぬしのあるじならばさておき、俺のことはそのように案じてもらうことはないさ」

「でも、ベック公も……あらかじめその危険をきかされてありながら、クリスタル・パレスへ入られて――そのまま、二度と正気では戻ってこられなかったんですよ！」

ヴァレリウスは悲痛な声をふりしぼった。

「どうか、直接おあいになることだけは……でなかったら、どうか、せめて私を同行なさるか――」

「それが出来ぬ相談だということくらいはおのれでもわかって云っているのだろう、ヴァレリウス」

「さもなければ、そうだ、イェライシャ導師はご存じでしょう！　あのかたを同席させてください。ともかく、相手は魔道師なんです。それも異常な力をもつ魔道師なんですよ！」

「そんなことは、いまさらおぬしにことごとしく教えてもらうまでもない。ヴァレリウス」

　ふいに――

　グインのトパーズ色の目が、ぐっと巨大化しておのれを飲み込んだような錯覚に、一瞬ヴァレリウスは息をのんだ。

「というよりも、おぬしが思っている以上に、相手は稀有な存在だと思うがよい。万一にも、これまで見たこともないほど異常に強大な力をもつ、東方の偉大な魔道師、というように、おぬしがやつのことを思っているのだとしたらな。俺がキタイでさんざん云われたことは――かの竜王は、ただの魔道師ではない、それ以上の存在だ――これはまあ、〈闇の司祭〉のいっていたことゆえ、どこまで信用してよいのかはわからぬが、ともかくきゃつはこの地上の黄金律によって登場してきた存在ではない、まったく異なる世界からやってきた侵略者だろう、ということだった。俺はそこまでは思わぬ――直接にその心話によってきゃつの謦咳にふれてみた印象からいうと、確かにきわめて非人間的な印象はあるが、〈闇の司祭〉がいうほどに、その存在がこの地全体にひずみを生じさせてしまうほどに異常なものとも思えぬ。いや、確かに恐しいほどの力を持っているのも事実だが――もうひとつ、教えておいてやりたいことがあるぞ、ヴァレリウス」

「そ、それは……」

「キタイとても古い歴史をもつ、巨大な国だ。そこには、その国津神も存在すれば、その国なりの歴史もある」

「そ、それはもう……」

「キタイの竜王の侵略、統治が力づくで開始されたのは、聞くところによれば、十九年前からだという話だ。そして、それがいよいよ前国王を暗殺するという乱暴な方法によって国民の前についにおおやけになり、反抗せんとする者たちが圧殺されてキタイが一気に竜王とその一族の君臨する妖気あふれる国家と化したのと、俺がこの世界に登場することになったのは、まさに同じ七年前だという話だ。――それはあるいは単なる偶然であるかもしれぬ、そのようなかけはなれた場所でおこった二つの事件を強引にそうして結びつけるというのは、俺がおのれ自身というものにあまりにも大きな意味をおきすぎていると、云われてもしかたないかもしれぬ。もっともこのことにどのようないわれ因縁があるのかを読み解こうと、〈闇の司祭〉は血眼になっていたがな。――が、俺の話はどうでもよい」

「……」

「六年――それだけのあいだにキタイの王はおそるべき勢いでキタイを変革していったが、それほどの速度の変革はまた逆に、キタイ自体からも当然著しい反発をともなう。――俺の知っているかぎりでも、いくつかの集団が、なんとかして、キタイの竜王のくびきをのがれ、かつての栄光ある伝統のキタイ、古代よりの大帝国キタイのあるべき正しいすがたをとりもどそうとひそかに団結をはじめている。——もしも、そのなかの誰かが成功することがあれば、キタイの王といえども、そこまで安閑と中原侵略にかかずらわっているわけにもゆくまいさ。いわば薪小屋に火がついた、という状態になるのだからな。わが国の子供の遊びにいうようにな」

「ということは……キタイ内部で、反逆の動きがあると」

ヴァレリウスは、むさぼるようにグインのことばを熱心にきいていたが、目を爛々と光らせながら口を開いた。

「それは、かなり大がかりなものなのですか。いずれは竜王の支配をさえおびやかす一大勢力たりうるほどにも」

「いまはまだそうでもないが、しかし、運よくゆけばいずれすぐれた指導者として、キタイ王に対する反乱、蜂起の火の手をあげる中心人物になりそうなものを俺は偶然助けることとなった。これはまだごく年のゆかぬ少年だったのだが、彼は帝王になる素質はあると俺は思っている。そのように思わせるものというのはそう多いとは思われぬ。これはおぬしにとっては奇遇ながら彼もまた、先天性の障害によって、車椅子で生活しなくてはならぬ少年なのだが、その知能も人格も、あらたな帝王にふさわしいものだ。彼のまわりにはたくさんの少年たちが集まり、彼を助けようといのちをかけている。それもまた帝王のかかせぬ資質というべきだろう。あるいは俺が出会うことがなければ、まだ年もゆかぬかれらでは、魔道師たちをも、竜王の勢力をもはばみきれなかったかもしれぬが……俺はさいわいにして彼と出会い、何回か助けるめぐりあわせとなり——そして、さいごにキタイを去るとき俺は彼を、いろいろと事情あって知り合うにいたった望星教団——おぬしらは暗殺教団という名で呼ぶがな——に託してきた。もしも、彼が首尾よく成人してより大きな力をもつことができれば、いま彼が持っているささやかな組織は、ようやくひとつの勢力を形成すべき巨大なものとなってゆくだろうし、そのときには、もはや、キタイ王も、この反乱をただの一地方のうぞうむぞうたちの一揆扱いするわけにはゆかなくなるだろう。もっともこれがそこまでうまく障害なしにゆくだろうとはとても期待できぬが、それでも俺は、その——そのことにもかなりの期待をかけているのだよ。キタイ王が、そのおりにはもう中原などかまっておられなくなって、おのれの版図を守ることに専念しなくてはならなくなるだろう、ということにな」

「少年……なんですか。ではまだ……無事にそこまでゆくかどうかは誰にもわからないですね」

ヴァレリウスは考えこみながらいった。

「運がよければ——本当に、そうした若い芽が無事にそこまで芽吹き、大樹となるためにはたくさんの幸運が必要になってくるだろうし。でも、あなたがそうおっしゃるからには、グイン。……もしよければ、その少年の名前をきかせてもらうことはできないでしょうか。私たち、魔道師ギルドのものたちはキタイにもかなり、情報収集網はいまだに張っています。だいぶ、それも、人手が足りなくなってきて、撤退した部署が多いのですけれどもね。でも、その名前をきいたら——私たちにも多少なりともできることがあるかもしれませんし……」

「もしも運命の神が許せば、いずれヤンダル・ゾッグのよこしまな支配にかわってキタイのあらたな王朝のいしずえを築くかもしれぬ少年——俺の知るかぎりでは、現在のキタイで唯一その可能性をもつ者」

グインはゆっくりと云った。

「その少年の名は、リー・リン・レン。——覚えておくといい。もし万一にも、防衛かなわず、おぬしのあるじがキタイに拉致されるようなことでもあれば、救出するのにとうてい、かれらの味方がなしでは不可能ということになるだろうからな。それに、望星教団のげんざいの教主ヤン・ゲラールの名もな。……これほどふしぎな人間には、俺は出会ったこともなかった。彼は、俺の友人だと名乗れば、そしてそれを証明してみせることができれば味方になってくれるだろう。俺が、教団の一員にちょっとばかり親切にしたということで、俺は彼の信用を得たようなのだ」

「おお……」

「じっさい、不思議きわまりないところであったよ、キタイは。——いまなお、こうして中原に戻ってくると、おのれが本当にあのはるかなキタイであのような数々のあまりにもふしぎな冒険をしてきたのかどうか、信じがたいような気持になってくるのだ。はるかなキタイ――そう、そこはあまりにもはるかな、あまりにも異質な異郷だった。だが俺は確かにひとたびそこに足あとをしるしたし、そしてそこで数多くのきずなを結んで、そしてこの中原へと帰ってきたのだ」

2

「まるで――まるで、吟遊詩人のサーガのようなお話を……」

ヴァレリウスは感にたえてつぶやいた。

「それを、なにごともなかったかのように口になさる。無理もない、あなたご自身が吟遊詩人のサーガのなかにしか存在しないようなかたなのだから。――それにしても、そんなお話をきいたら、ナリスさまはどう思われるでしょうねえ！ あれほど、ノスフェラスにあこがれ――ふしぎな異郷と、人跡未踏のこの世の謎に思いをはせておられるあのかたは……」

ヴァレリウスは思わず、またしても、はるかなマルガにあるおのれの思いのありかのなかに沈み込んでしまいそうなようすだった。が、彼は、そのような場合ではない、とおのれに言い聞かせたかのように、その感慨をこんどはかろうじてくいとめた。

「わかりました。では、もう、あなたを信じて、あなたをやたらとお節介やきの乳母のように心配するのはやめることにします。ただ、祈るしかないんですね、私には。あなたが、あの《魔の胞子》に犯されたりしないようにと。……でも、その、レムス王にお会いになるのは……あえてこういってよければ、レムス政府と私たちを天秤にかけ、よい条件の出てくるほうと結ぼうとか、どちらが正しいかを知るためではない――そう思ってもよろしいんでしょうね。あえて、私たちのために、レムス王が現在じっさいにはどのようになっているかを調べにいかれるのだ、とまでは思いませんが。もう、私たちにお味方下さらないまでも、レムス側に味方されるという可能性はない――と、そう考えてもよろしいのですよね」

「さあ……」

グインは、かすかに笑いを含んだ声で云った。

「それについては、まだ何とも返答のしようはないな。……というよりも、おぬしはそのことは何も知らぬほうがいい。俺はそう思う」

「また、なぞなぞみたいなことをいわれる」

ちょっと不服そうにヴァレリウスは云った。だがグインのことばの裏にある含みを多少納得したらしく、それ以上はあえて追及をつづけようとはしなかった。

「ともあれ、場所と条件が理にかなった、というか、お心にかなうものであれば、ナリスさまにお会い下さるんですよね。むろん、いまのナリスさまはまた、前よりもちょっと、動かしづらい状況になってますから……以前でしたら、まだ、車椅子で多少お出かけになることもできたんですが……いまの状態だと、まだ当分は、お部屋から動かすのもしんどいでしょうからねえ。それでも、ちょっと前までは、ベッドに起きあがることもお出来にならなかったんですが、この二、三日は、ちょっとなら上体をおこされるようになられてるんですよ。——我々もようやくちょっとほっとしましたけれどもね」

「ふむ」

グインはそういっただけで、そのような状態のものがよくぞ反乱をたくらんだとも、それでこののちどうするつもりなのだとも云わなかった。

「だが、俺は、ギール魔道師にいったとおり、マルガへはなかなかゆかれんぞ。まだ当分はな」

この、またしても奇妙な含みのある言い方をきいて、はっとしたようにヴァレリウスは顔をあげた。そして、グインのトパーズ色の目を見つめた。

グインは、黙って、ヴァレリウスを見つめている。ヴァレリウスは、思わず、ちょっと息をのんだ。

それから、思い切ったようにうなづいて、魔道師のマントのフードを頭の上にひきあげた。

「わかりました。——いずれにもせよ、もろもろナリスさまにご報告させていただいて、そしてまた——ちかぢかにいまいちどワルド城をおたずねさせていただくことになると思います。ともあれダーナムの情勢は切迫していて、ダーナムがおちれば、私たちは——一気に、マルガを包囲されることになる可能性もあります。その前には、とにかくなんとかせぬことには……」

「そう、長くはかかるまいさ」

謎めいた声音でグインはいった。ヴァレリウスは深々と頭をさげた。

「くれぐれも——くれぐれもよろしくお願いいたします。そちらからお返事を頂戴できるか、お使者かご連絡によって、こちらに来いとおっしゃられるのを、お待ちしていればよろしゅうございますね？　場合によっては私のほうからもしつこくお伺いいたしますが」

「いや、しかし、俺もこのままずっとワルド城にいるとは思えぬ。俺のほうから知らせてもよいが、それよりも——どうせ、そちらはそちらで、魔道師の情報網とやらで、俺の動静はちくいち見ているのだろう。俺が、レムスと会見して、無事に戻ってきたら、即刻またようすを見にくればよい」

「それでは、そうさせていただきます」

ヴァレリウスはまた頭をさげた。それから思い出したようにいった。

「おお、そう、あわや忘れるところでした。何も手みやげというようなものもございませんので、せめてもと思いまして——むろん、陛下が、ことのほか情報収集に気を配っておられ、たいへん精密に斥候を出しておられるのは存じ上げておりますが――それでも、とっさの動きには確実に魔道師の情報網のほうが早うございます。お手みやげのかわりに、来る前に少々、お知りになりたいかもしれぬ情報を集めて参りました」

「何か、変わったことがあったようか？」

「変わった、といっていいかどうか――サンガラの山中で、イシュトヴァーン王ひきいるゴーラ軍が、過日逃亡して潜伏していたクムのもと公子タルーのひきいる謎の一軍に襲われたのは、ご存じでいらっしゃいますか」

「いや、知らん。ゴーラ軍がサンガラ方面から南下して自由国境から、シュクあたりを目指しているのは知っていたが。それは、どこの軍だ。いまのタルーなら、クム軍のわけはないし、おのれの兵など持てる状況ではないだろう」

「それが、なかなか奇異な点なのですが、五千からのそれなりの軍勢だったそうですよ。斥候にだした魔道師のことばによりますと。このところ、むろん、こうなって以来各国の状況にはことのほか注意を払っておりましたので……」

ヴァレリウスはおのれの情報がグインの興味をひいたらしいと知って、嬉しそうに云った。

「そして、さらにそののちの情報ですが、むろん三万のゴーラ軍に敵すべくもなく、この無謀な攻撃に失敗して、タルーは逃亡し、ふたたび潜伏しようとしたのですが――これはもう、ここにこようと《閉じた空間》に入る直前に心話できた情報だったのですけれども、イシュトヴァーンは執拗にタルーを追跡し、結局山中でとらえて、殺害したそうです」

「ふむ」

グインはじっとその情報を咀嚼するようにしばし考えていた。それから、うなづいた。

「なるほどな。その話については、それについてまたあらたによく考える種とさせてもらおう。折角のおぬしの手土産ということで、受け取らせてもらおう」

「少しでも何か、お役にたてれば」

ヴァレリウスはまた、丁重に頭をさげた。

「ともあれ、いまの私どもでは、見返りに、といって交渉できるようなものもまったくございませんですからね……ただ、ひたすら、道理をとき、情にすがる以外は」

「ひとつききたかったのだが、おぬしはそうやってあちこちに魔道師の斥候をずっとへばりつかせてそれに心話で情報を送らせているらしいが、むろん、レムス軍の動静についても探らせておるのだろうな」

「それが、それにつきましては……起こったことはむろん報告が参りますが、ほかの軍はただの人間のといいますか、ごくふつうの軍勢で、魔道師がかくれてくっついてきていることなどまったくご存じありませんが、レムス軍はこちらに負けず劣らずの人数の魔道士軍団を擁していますからね。あまり近づきすぎると逆に、あっちのほうが力が強ければそれこそ《魔の胞子》を植え込まれたりしてしまうでしょうから、クリスタル・パレス中核にはまず斥候も密偵も送れません。それでも、よくよく気をつけるようい　ふくめて、なるべく近くまでは送り込んではいますけれども……なかなか、内実を探れるところまでは……万一魔道師をもぐりこませて情報を得たとしても、それが、そう思いこまされたものではないと断言はできないようなおそれもありますし……」

「なるほど。よくわかった。ということは魔道師どうしの争いとはどちらの条件も同じ、それについてはレムス軍のほうもあるていどは同じだということだな」

「ということになりましょうかね。竜王当人だと、非常に力がありますから、私どもの結界を破って仕掛けてくることもありえましたけれどもね、一回二回は。しかしさすがにこちらも魔道師ギルドがついて全力をあげて結界を張っておりますから、そうたやすくあちらの下っぱ魔道師などを近づけはさせておらぬ自信はございますが」

「ふむ」

グインはうなづいた。ヴァレリウスは立ち上がった。

「思わず、グイン陛下とお話しているあいだだけ、おのれがもうにっちもさっちもゆかぬ窮状に追いつめられているんだということを失念していました。ふしぎな力をもったおかただ。――みんなをそうやって元気にされるんですね」

「買いかぶりだ。ヴァレリウス」

「いえ」

ヴァレリウスはフードのかげからかすかに笑ってみせた。そして、国王への礼をした。

「失礼してここから《閉じた空間》で消え失せてしまいますけれども、うろんなやつだとお思いになりませんように。少々、急いでおりますので」

「大丈夫だ。馴れている」

「ですよね。――では、また、お近いうちに。お呼びのかかるのを一日千秋の思いでお待ちいたしております。その前にも、ほんのちょっとでも、われらの魔道で何か陛下のお役にたつことがありましたら、いつなりとお呼び下さればただちにこうしておん前にかけつけますので」

目のまえで、ヴァレリウスの黒いすがたは、もやもやと黒いかたまりにつつまれるように人間の輪郭をぼやけさせてゆき、そして、そのままふっと消え失せてしまった。グインは、もう魔道には馴れっこだったのでべつだん驚くようすもなくそれを見送った。それから、立ち上がって、呼び鈴を鳴らした。

「陛下！　お呼びで……おや」

入ってきた小姓が首をかしげる。

「あの……宰相閣下はどうされましたので？」

「宰相閣下はお帰りだ。《閉じた空間》でマルガへお戻りになった。その茶は片づけておいてくれ」

グインはいくぶん笑いを含んで云った。きっすいのケイロニア人の小姓の目がみるみる丸くなる。グインはかまわなかった。

「指揮官諸君に俺の居間のほうにおいでいただくよう、云ってくれんか。とりあえず、このの ちの動きについて、ヴァレリウス宰相の訪問によって、いささかの変化があるようだ」

＊

「イレーンの町に入ります」

告げられて、イシュトヴァーンは、馬の上で、はっとしたようにおもてをあげた。つい、うとうとしていたというわけではむろんない。だが、ずっと、何か深いおのれだけの考えに沈み込んでいたかのように、ふかぶかとうなだれて、まわりの景色も一切目に入らぬかのように見えたのだ。

「あれか。イレーンの町は」

山道は、ようやく下りに入っていた。

人跡もまれなサンガラの深い山中をようやく抜け出して、かれらはややほっとしていた。もう、山中の細道での奇襲のおそれはずいぶんとなくなった。かわりに、逆に見晴らしのよくなった分、かれら自身の行動も隠密行動はとりにくくなる。だがまだあたりは完全に平地にもどったわけではない。

イレーンは、もう旧ユラニア領の外側の自由国境をはなれ、ケイロニアとクムのあいだのかなり広い自由国境地帯のちょうどまんなかに位置する、このあたりとしてはもっとも大きな都市だ。もっとも大きい、といったところで、自由都市であるから大きさや人口のほうはたかが知れている。リーラ川のほとりにたたずむ、閑静な都市である。

そこからやや北西には、イレーンから馬で一日くらいの距離に、アトキア侯領の砦オーロック城がそびえたっており、その北はサルデス。南は州都アトキア市である。アトキアはさほど大きくはない選帝侯領ではあるが、商業大国クムとの交易のかなめとして、ゆたかに発達している地方である。したがって、イレーン経由で、オーロック、アトキアからマイラス、サルドス、キリアへとひろがってゆく赤い街道は、日中も夜間もとても交通量が多い。

そしてその先はイリアンからルーアン――ゆたかなオロイ湖の自然をかかえこんだ、中原の中心部へと展開してゆく。

サンガラのけわしい山中はともかく、このあたりの肥沃な地方が、なぜ自由国境地帯に残されているのか、といえば、それは、国境がきびしく接しあっていれば、ひとたびそれを踏み越えればただちに国境侵犯がとがめられ、そうなれば戦乱の火の手がきわめてあがりやすくなる——長い歴史のなかで、あまりにもしげしげと繰り返されてきた国境をめぐっての争いを教訓に、列強がそれぞれの緩衝地帯として自由国境をもうけ、その間は兵を動かすも自由交易をするも勝手とさだめた、歴史の知恵の結実であった。

ことにゴーラ三大公国が成立して以来は、各国がいろいろな国にむかって軍勢や、あるいは使節団など大勢の人間を動かすとき、どこの国の国境をもおかすことなく移動できる自由国境が、三つの巨大な版図を誇る当時の強国——ゴーラ三大公国と、ケイロニア、そしてパロのあいだにある程度づつおかれていることは、ささいないざこざが、ただちに大国どうしのあらそいの火種となって戦いを勃発させぬために、緩衝地帯として、非常に重要だったのだ。

が、その要所要所に成立してきた自由都市のほうは、また、つねに非常な侵略の不安と不安定のあいだにおかれることになる。そのため、結果的には、おのれを守ってくれる背景となる勢力を求めて、いずれかの国家に朝貢し、半分そこに属することになるのを常としているのであるが——

イレーンは、クムとケイロニア、ちょうど距離的にも人種的にもまんなかにありすぎて、どちらかに拠る、ということがきわめてしづらい立場であった。さいわいにしてこれまでのところ、クムとケイロニアの関係は良好——ときにさまざまな出来事にその良好さがいささかおびやかされることがあったとしても——であるので、「両方のきげんをとる」というたいへんに自由都市らしい方法で、関税で生活するゆたかな自由都市としての自治を、ずっと保ってきている。

そのイレーンに、イシュトヴァーンは、禁忌の兵をすすめようというのであった。もっとも、ただ通過する分にはべつだん、禁忌なこともなにもない。

だが、イシュトヴァーンは、そのままですませるつもりはない。

（ふざけやがって……）

イレーンで、傭兵たちが集められ、タルーがやってくると、その命令にしたがうよう言いつけられていた、とタルーは自供した。

（そんな、馬鹿なことがあるかよ……）

イシュトヴァーンのなかには、かなりのうっぷんが、それ以来執拗にわだかまっている。イレーンは確かに自由都市としてはけっこう大きいほうだし、場所的にも悪くない、中原三国のかなめ、というべき重要な位置にありもする。しかしそれにしても、イレーンの人口は、十万にゆけば上出来というところだろう。じっさいには、七、八万に、たえずクムとケイロニアを往復している旅行者、商人を上乗せする、というところのはずだ。

そのていどの大きさの都市に、突然五千人の軍隊が出現したり、集結してきたりしたら、それはたいへんな騒ぎがまきおこってしかるべきだ。とまる宿だって、そういきなり五千人分用意できようはずもないし、時ならぬそんな人数が泊まりを求めてきたら、食物のほうだって提供するのは大変だ。なによりも、もともと商業都市の色合いが濃いイレーンで、そんな軍勢が突然あらわれたら、イレーンの統治者たちは恐慌をおこして、ただちにクムか、ケイロニアの最短の選帝侯領、アトキアか、サルデスか、いずれにせよ軍事力を持っている隣人へ助けを求めるだろう。

だが、イシュトヴァーンが兵を出してエルザイムから、自由国境へと進軍し、サンガラを南下してくるあいだ、そんな、イレーンでひと騒動がおこっている、などという話はまったく斥候からはもたらされてこなかった。イシュトヴァーンは慎重に、すすむさきざきに斥候をあらかじめ送りつけて前後の状況を見ながら兵をすすめてきたのだ。同時に、必要のあるところへは、あらかじめゴーラ王の軍隊が通過する、というふれをまわさせ、必要な糧食や宿を調達するための金子を持たせて先まわりさせてある。

もとが傭兵であるイシュトヴァーンは、軍隊にたいして、民間人がどのような印象をもち、また軍隊のほうはどうやって動くかについて非常にはっきりとした考えがあったので、それを強引に、ゆくさきで必要な食料を掠奪したりするような無法は絶対にさせなかった。いったんそれをしてしまうと、掠奪する軍隊だ、という下評判が、これから通過する予定の地方にむかって、必ず野火のようにひろがってゆくことになる。

そうすると、農民たち、通過する町の連中は非常に怯えて、逃げ出したり、女子供を避難させたり、最悪は抵抗してきたりする。そのさきに目的地をもって、ただ通過したいだけの行軍のさいに、いちいちそうやって通過する町々をもみつぶして通っていてはあまりにも間尺にあわない。

それゆえ、イシュトヴァーンは、掠奪も暴行も禁止し、そういう軍律はきちんと守らせて、そのかわりに到着した町では、充分な金子を払ってゆたかな食料を供給してもらえるよう話をつけることに、非常に気をつかっていた。だから、おのれの軍がむかうさきの町々への情報収集にもぬかりはない。

その、彼の耳にも、イレーンに兵が集まってきつつある、などという情報はまったく入ってこなかったのだ。それに、イシュトヴァーンがマルコにいったとおり、彼はもと傭兵暮らしがけっこう長いだけに、傭兵の集めかたや集まりかた、動かし方についてもかなり年期が入っている。

傭兵稼業をいとなむものはこの時代、かなり多いが、自由傭兵といわれる、国から国へうつり歩いて、条件のいいところへ移って行く集団は決してそれほど多すぎるというわけではない。腕のいい傭兵団がいたとすると、いずれは、どこかの国にリーダーが話をつけて、まるがかえになって安定することになったり、あるいは少なくとも、そのリーダーやおもだったものが引き抜かれて定がかえになり、それ以外のものは解雇されてまた、風のむくまま気のむくままといったおもむきで諸国へ散っていってしまう。

傭兵といっても、その勇名が中原にとどろいていて、貴族に準ずるほどの高額の報酬をもって、さまざまないくさのたびに、いずれかの国家に武将としてそのおのれがひきいる傭兵騎士団ごと迎え入れられる著名で裕福なものもいれば、おのれの腕ひとつでその武名をとどろかせている勇士もいる。いっぽう、ごろつきとえらぶところのない、敬語の使い方もろくに知らないようなひどいのまで、まことに文字通りのぴんからきりまでだが、あまりに札付きになると、雇う側もあまり風紀を乱されてはたまらないのでブラック・リストをこっそりまわしていたりする。それに基本的には、それぞれの国家にはれっきとした職業軍人が上にいて、傭兵たちは、その下の最下層の、使い捨て、矢の楯がわりに使われるような低い地位におかれるのが普通だ。むろん武勇や人望を認められて常雇いとなり、さいごにはその国のれっきとした武将となるまで、どんどん出世してゆく傭兵もいないでもないが、そういうものたちは、きちんと定雇いの契約をかわした段階で、たいていのものはひとりの主人、ひとつの騎士団を最終的な就職先として選んで、そこからはもう傭兵とは呼ばれなくなる。また俗説として、傭兵と正騎士の最大の違いは、剣の誓いをして雇われたかどうかだ、といわれることもある。

それだけに傭兵というのは、使う側にとっても一長一短だ。正規軍のようにあまりにきびしく訓練しすぎれば、不満をもって逃亡してしまったり、寝返ってしまったりする可能性もあるし、とにかく金で雇われている軍隊だから、金銭的な要求をつりあげてくることも多い。単独の傭兵もいれば、集団でやってくるいわゆる傭兵団もあるので、統制をとってまとめるのもなかなかに困難なときがある。

それで、たいていのきちんとした騎士団では、傭兵募集は、とりあえず人数を集めたいときのきっかけのようなもので、そこでしばらく戦わせたり訓練させたりしてみて、使えると思えば「正騎士に就職しないか」と声がかかって、傭兵から足を洗うか、あるいはしょせんひとつところにさだまったつとめをするのが向かないとか、イヤなものは、その誘いを断ってまたふらふらと諸国遍歴の旅に出てゆく。

そうして、イシュトヴァーンのいうように、そういう、職業軍人たちのよく集まる盛り場や、都市の市場などのなかには、よく傭兵だまり、として知られている場所があって、はじめての都市にゆけば、仕事をさがしている傭兵たちはまず、どこの都市にもあるそういう場所をきいて探し、そこにゆく。そうすれば、知った顔にあうこともあるし、さまざまな情報も手にいれることができる。どこの国とどこが戦争になりそうだが、どっちには勝ち目はなさそうだとか、どこどこの騎士団があらたに傭兵を求めている、たいそう条件がいいが、かえってあまりによすぎるのでなんだかちょっとあやしいようだとか、そういう情報くらい、傭兵たちが必要としているものはないのだ。

むろん、諸国漫遊の吟遊詩人たちもそういう傭兵だまりにしょっちゅう入り込んできて、さまざまな情報を流してくれる。吟遊詩人は、傭兵とは親戚すじみたいなものである。

また、傭兵専門の職業紹介所のような窓口をもうけてある国家——ケイロニアなどそうだったが——もある。そこにゆけば、いまどこの騎士団が傭兵募集を行っているか、条件そのほかを教えてくれ、場合によっては斡旋までしてくれるのだ。

だがそこで得られる情報もまた、仕事の内容もまちまちで、ただの臨時の隊商の警備係もあれば、れっきとした、国と国との戦争のための兵士の大募集もある。むろん当然給料もぴんからきりまでだし、また、身元の確かな保証人が求められる非常に固い募集もあれば、腕前の試験がきびしく実施されるものもあり、使えようと使えまいとこのさいとにかく頭数だけ大急ぎで揃えなくてはならないから、というようないい加減な募集もある。そちらもまた当然ながら千差万別なのがこの仕事である。

傭兵たちは、じっさいに戦場にかりたてられて、いのちをかけて戦い、いのちを落とすのも自分であるから、ちゃんと給料が支払われるかどうか、ということと、ちゃんとした扱いが受けられるかどうか、食料の補給や武器はちゃんともらえるかどうかということ、それにもまして、自分たちが本当はどのような敵と戦うのか、どういう戦場にかりだされるのか、都市部か田舎か、籠城か出兵か、どういう将軍の下で戦うのか、というようなことの細部にわたって非常に気にしている。中には、だまされて禁じられた密輸のような悪事に荷担させられ、気づいたらおたずね者になっている、などという悲劇も起こるし、絶望的な勝ち目のない戦いになど、いくら大金を積まれても誰も応募するものはない。ましてや、誰も、はした金で犬死にしたいものなどこの世にいないのだ。だから、普通、あまり勝ち目のなさそうな、えたいの知れない、目的も戦う相手も漠然としていてよくわからない軍隊、などという応募があったとしたら、仮に給料や扱いにかなりいい条件が提示されていたとしても、めったにゆきたがる傭兵はいない。いや、逆にそれなら、扱いが破格であればあるほどその仕事の内容をあやぶむだろう。傭兵とても、いや、傭兵たちほど、ただひとつのおのれのいのちがもとでなのだ。

それに、さらにいぶかしいのは——とイシュトヴァーンは考えていた——イレーンという場所柄だ。

イレーンは、ケイロニアとクムのまさにまんなか——イレーンで傭兵募集がある、ときけば、たいていのものが、ケイロニア軍かクム軍のどれかの騎士団の欠員募集かと思うだろう。イレーンがその後のいくさの展開のためにもっとも地の利がいいから、とりあえずそこで傭兵を募集して、そこからあらためて戦場になりそうなどこかへ移動するための準備、というようにだ。またいまは、まさに戦乱が中原のあちこちでおこりかけているし、そうなれば傭兵にはたいへんなかせぎどきであるから、むろん、二つのパロ軍のどちらかが雇い主かもしれぬ、ということを考えて応募しようと思うものも食い詰めた傭兵のなかには当然いるだろう。

だが、そのいずれでもない——カレニア政権でもクリスタル政権でも、またケイロニアやクムの公募でもないらしい、ときいたらたいていのものが二の足をふむはずだ。だとすると、それ以外の国家なら、イレーンで傭兵を公募するのは場所的に遠すぎる。

ましてや、万一にも、それをひきいるのがあのユラニア戦役で大敗北をこうむって、むざんに妻のネリイ大公を見殺しにして逃亡したタルーで、そしてたった五千の兵をひきいてたちむかわねばならぬ相手が、三万という、六倍する勇猛な正規軍をひきいて現在中原一の猛将として知られる——とイシュトヴァーンは自分で考えた——ゴーラ王イシュトヴァーンの軍勢ときいたら。

ちょっとでも常識のある人間なら、たとえ相当にタルーに恩義を感じている者があったとしてさえ、いのちあってのものだねと、誰ひとり応募などしっこないだろうというのが、普通考えられる状況だ。

だが、現実に五千人という多勢の傭兵が集まって、そしてイシュトヴァーン軍にサンガラの山中で襲いかかってきている。

(何かあるんだ。何か……くそ、その謎は絶対にといてやるからな)

イシュトヴァーンは、目を爛々と光らせて、しだいに近づいてくるイレーンの町をにらみすえた。

3

イレーンの町はそんなこととはつゆ知らぬ——ということもなかった。

とっくに町の望楼からも、近づきつつある大軍の軍勢は見えているだろうし、それにそもそも、イシュトヴァーン軍の斥候が命じられて、ゴーラ軍到着、というさきぶれをも行っている。

イレーンの町が目のまえに大きくひろがり、こんなさびれた地方にしてはなかなかにゆたかそうな、美しいなだらかな緑の山々を背景にしたたくさんの尖塔をもつすがたを明らかにしてきはじめたころ、イシュトヴァーンのもとに、イレーン周辺の長老たちが、あわてて挨拶をもとめてやってきている、という知らせがもたらされた。

イシュトヴァーンはそうなるだろうと予期していたので、ただちに全軍をその場に停止させ、いったんそこに陣を張って長老たちと会うことにしたが、イレーンの長老たちのほうは、あたかも天地がひっくりかえったかのような騒ぎであったに違いない。

あらわれたのは、いかにも裕福そうな、初老の市長と、助役たち、それにこれはイシュトヴァーンには意外なことであったが、この地方の精神的な指導者として紹介された、ミロク教の僧侶であった。

ミロク教といえば、もっと海岸よりの地方とか、あるいは沿海州、せいぜいモンゴールのようなど田舎に限られるはず、と思い込んでいたイシュトヴァーンは、ケイロニアとクムとパロにはさまれたこんな中原のまんなかの、けっこうゆたかな自由都市に、ミロク教徒などがいるというのにかなり驚かされたが、それはおもてにも出さずにかれらを迎えた。かれらはひどくおどおどしていて、まず、イシュトヴァーンに、ゴーラ王即位の祝いと、即位にさいして遠隔の地ゆえただちに祝いにうかがえなかった、という丁重なくどくどとしたわびごとからはじめ、いたって低姿勢にイレーンへのゴーラ軍の到来を歓迎し、そして手土産に持参した大量の果物だの、肉だの、酒だのをさしだした。

それは、イシュトヴァーンが思っていたよりもずっと丁重で下手にでた対応だったので、イシュトヴァーンはいくらか気をよくした。太った初老の市長は、ずっと汗をかいていて、ひっきりなしに手布でその汗をぬぐいっぱなしだったのは、よほどイシュトヴァーンが恐しいらしかった。それも無理はない——イレーンあたりだったら、アルセイスの惨劇や、イシュトヴァーンの勇猛というのを少々通り越した素行や戦いぶり、その残忍さや勇猛さについては、もっともよく情報がゆきわたるような場所柄である。

「このたび……かたじけなくもイシュトヴァーン陛下のご一行がわがイレーンをお通り

になられると、かねてうかがっておりますれば……ただちに盛大なお迎えの宴の準備などもととのえ……もっともっと、お土産もご用意いたしまして、陛下をわが町のような小さな町に光栄にもお迎えさせていただく喜びを、そのう……また、部下の皆様にもご満足いただけますような、その……」

おろおろと口ごもりながらのべたてている市長を、イシュトヴァーンはじっと見ていたが、いきなり市長のことばをぶった切るようにしてきいた。

「挨拶はどうでもいい。——俺はあんたらにききたいことがあったんだ。このイレーンに、ものの十日ばかり前から、傭兵団の募集があったり、傭兵が集結してきて、結局五千人ものの大軍隊になっただろう、そのときのことだ」

「い、いえ」

名だたる癇癪もちのゴーラ王に、ちょっとでも反対して機嫌を損じてはとおののきながらも、市長は助役たちと顔を見合わせて首をふった。

「そのような——おおせのようなことは、ございませんでしたはずで……こんな小さな町でございますので……もしあれば、ただちに非常なうわさになっているかと思いますし……このような地方都市でも、不良どもの少しばかりはおりますので……そういうことがあれば、それらもただちに参加して……そうすれば家のものが訴え出たりいたしまして、いろいろな騒ぎになると思うのでございますが……五千もの傭兵を収容するような場所はこのイレーンにはございませんし……」

「なるほどな。そんなことじゃねえかとは思っていたが」

イシュトヴァーンはけわしく黒い眉をひそめた。その、秀麗なおもてがけわしくなるのをみて、イレーンの顔役たちはびくっとすくみあがる。

「だが、兵隊はきたんだろう。どうだ」

「参ったと申せば……それほど大人数ではございませんが……たしかにおっしゃるような時期に、いつになく大勢の武人らしい人たちがうろうろしていると思ったことはございましたが……それはまあ、いつもこの町は……いろいろな旅人のかたがたの通り道になっております場所でございますので……それにちょうどあちこちで、いくさが起こっているときですので……その、いくさに参加するために通り抜けられる傭兵団のかたたちが、たまたま大勢集まったのだろうと——クムか、ケイロニアか、パロか、どこかへまとまって雇われてゆくかたたちだろうとばかり思っておりました……」

「それが、五千人もいたのか」

「いえ、それがその……どう考えても、五千人はいなかったような気がいたします」

市長は首をかしげた。そして、イシュトヴァーンが比較的落ち着いて話をきいてくれるようすなのに、少々生きた心地を取り戻したようすで、助役のほうを助け船をもとめるようにふりかえった。

「どうだろう、ロウ？」

「さ、さようでございますね……」

急に声をかけられて、あわてながら、筆頭助役が答えた。

「五千人といえばたいそうな大人数で、それだとうちの町の食糧備蓄や宿屋の数ではなかなかまかないきれぬのではないかと思うのでございますが。たぶん、いいところ一千人から二千人のあいだだったのではないかという気がいたします。ちゃんと数えたわけではございませんし——そもそも、それだけの傭兵たちが整列してどうこうというところはまったく見ておりませんので、同じ傭兵団を何回もみかけているのか、それとも全部違う連中なのかもわかりません。——もともと、町中にはあまりとどまらずに、通過していって、郊外のほうへどんどん出ていってしまったので——べつだん、いつもとかわったことがおきているとも思わず、このごろやはりいくさが多いので傭兵が多く通るなあ、と思っているくらいでございました」

「ふーむ……」

「いずれにせよ、イレーンの町で誰かが滞在して、大がかりな傭兵募集をした、ということはまったく記憶にございませんし、そういう場合には、係りのものが全部一応、のちのち面倒になりませんよう——私らは自由都市でございますから、のちに、そういう動きを見逃していた、それは敵に利するためかとどちらかの国の政府からお叱りをうける場合がございます。そうなりませんよう、原則として、大きな人間の動きは隊商も傭兵も、通過も滞在も全部記録されます。——その記録をごらんいただいてもよろしゅうございますが、そのような傭兵募集はございませんでしたし、ここで募集せぬとなると——通過してゆくとき、とまった宿屋のあるじなどが、たまたま話をきいたりしておりますれば、多少のいきさつはわかりましょうが、なかには、行き先、どの国に仕えるつもりかなど、極秘にして語らぬ傭兵さんたちも多うございますし……」

「……」

それは、助役のいうとおりだった。

イシュトヴァーンはなまじ彼自身も傭兵生活が長いから、そのへんの機微はよく知っている。それに助役も市長も、少なくとも顔をみている限りでは誠実な人柄のように見えたし、誰か、あるいはなにかをかばいだてするために嘘をついているようすでもなかった。おどおどしたようすも少しづつとれてきていたし、イシュトヴァーンがイレーンの町に何を確かめにきたのかをわかってくるにつれて、熱心にイシュトヴァーンの役にたとうとしているようすも感じられたのである。

「ではきくが——サウルと名乗る魔道師の老人がこの町にやってきた、という記録もないのか。これは非常に大切なことなので、よくよく考えて、なんなら調査をしてみてもらいたいのだが。これはとても大事なことなんだ」

イシュトヴァーンはいくぶん緊張しながら、さいごの切り札を出してみた。だが、すでに、なかば無駄だろうと——イレーンのものたちはたぶん、本当に何も知ってはいないのだろうとは見当はついていた。市長と助役たちはしばらく相談していたが、やがて、イシュトヴァーンの機嫌を損じてはとまた非常におろおろしながら、そのようなものはきいたことがないし、そもそも、このいくさがはじまってから、魔道師の姿そのものもめったには見かけていない、と返答した。

「もういい。わかった」

イシュトヴァーンは唸って、かれらに、もうこれでひきとるように命じた。うろたえた市長たちが、イレーンにどうか罰が下ることがないよう、なんでもゴーラ軍の要望どおりにし、食料などもおおせのままに差し出すゆえ、市民たちへの掠奪だけはひらにご勘弁いただけるよう、と額を地面にすりつけて哀訴したが、イシュトヴァーンはうなるように、いくぶん不機嫌に、「掠奪はさせん。イレーンにはそれほど長いことはおらん、心配するな」と答えただけだった。市長たちは心配そうだったが、そうはっきりといわれた以上、その上に念押しをして、この短気で有名な支配者を怒らせる危険をおかすわけにもゆかなかった。

「陛下……」

イレーンの代表者たちが不安そうに帰ってゆくのをまちかねるように、マルコがそっと声をかけてきた。

「どういうことなのでしょうか……」

「おおかた、そのようなことかもしれんとは思っていたさ」

イシュトヴァーンはむっつりと、

「魔道師なんてやつはそうそう簡単に尻尾を出すもんじゃねえ。——あの軍勢、そもそもタルーみたいに追いつめられたやつでなけりゃ、見ず知らずの傭兵どもが集められているのをひきいて、それで戦おうなんて考えもしねえだろうよ。……ぶっそうで、かなわねえからな。いつ寝返りうたれるのか、だいたいどのていど使えるのか、それもわからねえままで。——タルーのやつのように、俺に一撃加えるためなら、それこそ天からふってきた軍勢でもいい、というほどになってなけりゃ……だが、そうなると……」

「陛下。最前の、イレーンの助役のひとりが戻ってまいりまして、特に内々にお話し申し上げたいことがあると申しております」

近習がそう報告にきたので、イシュトヴァーンはさっとことばを切った。

「なんだと。よし、すぐ通せ」

入ってきたのは、助役たちのなかで一番若い、それゆえ一番うしろにいて何も発言しなかった小柄な男であった。

「いくたびもおてまをとらせ、申し訳もございませぬ。——わたくしは、イレーンの助役末席で、ムースと申しますものでございますが……さきほどの市長さんたちのお話をうかがっておりまして……これはと思うことがあったものですから……」

「おお。なんだ、いってみろ」

「確かに、その……市長さんや、筆頭助役のいうとおり、この町でいきなり目だつほどに傭兵がふえた、ということはなかったのでございますが……ただ……」

ムースは、イシュトヴァーンをひどくおそれているらしい。目をふせ、おどおどしながらしゃべる声もくぐもりがちだ。

「そう怖がらんでもいい。貴重な情報をもたらしてくれるなら、何も罰したりはせん」

苛々してイシュトヴァーンは怒鳴った。ムースはびくっとしたが、やっと多少おのれを落ち着けて先を続けた。

「その……おおせになった日の前の日あたりかと思いますが……これは偶然にわたくしが見たのでございますが……わたくしの家は、その、イレーンの西はずれにございまして、ちょっと市内からは遠いんでございます。で、仕事をおわって……確かにその数日、町には傭兵がごろごろ、往復しているのが見えましたので……家族のものにも、ちょっといくさが近いので傭兵がとても多く入ってきているようだから、そいつらはすぐどうせいってしまうだろうから、気をつけて、あまり外に出ないようにと、申しつけてあったのでございます。で、仕事が終わって、急いで家にかえろうと、西のリーラ川の川ぞいに家路についておりましたら……河原の、そこはもうちょっと市内からははずれておりますので、市内の人たちには全然見えないところなんでございまして……私のようにちょっとはなれた場所に住んでいるもの以外は通りかからない、ちょっとさびしい道で……そうしたら、なにやら大勢のひとの気配がしましたので……ここにも、傭兵がたむろしていたのかと気をつけて……身をかくしながら通りましたところ……河原に、たいそうもない大勢の兵士たちが集まっておりまして……びっくりいたしました。あの河原あたりまでは、市中のものたちは用がなければ出てまいりませんので、それで市長さんも、助役さんたちもご存じないと——届け出もなかったようでございますし、ご存じなかったのだと思いますが……私は驚いて、身をかくしてようすを見ていたのですが、紋章も、はたじるしも、つまりはどこに属しているともわからぬ傭兵の群れがかなりの数、集まっていて、おかしいと思ったのは……それだけの傭兵がいますれば、たいていは大騒ぎしてたいそうなやかましさだと思うのでございますが……それはもう仕事のおわったときですから、わたくしの家は遠うございますから、そこにゆくまでにだいぶん時間もたって、夜もかなりふけていたと思うのでございます……月も出ておりましたし——その、月あかりの下で、気配はあったのですが、そんなに大勢の人間がいるとは思えないくらいひっそりして——まして傭兵どもがそんなにいるとは……けっこう近くにゆくまでわからないくらいひっそりしていましたので、わたくしはとてもその、びっくりいたしまして……」

ムースは話が得意ではないらしく、そのことばはとつとつとしている。

だが、イシュトヴァーンは、もう苛々しなかった。非常に興味をひかれていたので、身をのりだし、熱意をおもてにあらわして、そのつたない話しぶりに耳をかたむけていた。

「ふむ。それでどうした。その傭兵どもは何をしていたんだ」

「それがあの……あのう、とてもおかしなお話をすることになってしまいますのですが、信じていただけますのでしょうか……」

「信じるさ。いいから、話して見ろ。お前の話は面白いぞ」

「お、おそれいります」

つまらぬ話をするなと怒鳴られるかと思いのほか、イシュトヴァーンに興味を示され、面白いといってもらえて、ムースの顔がぱっと紅潮した。そして、にわかにとても熱心に話をつづけた。

「それで、でございますね。わたくしがそーっとその河原のようすをのぞいてみますと……とても大勢の傭兵なのですが、半分はその……横になっていたのでございます。これがとてもおかしな点で」

「横になっていた、だと。寝ていたのか」

「いえ……それでございましたら、いくらわたくしでもそこまでびっくりはいたしませぬので……その傭兵たちは、死んでいるように見えたのでございます」

「なにィ」

びっくりするほど大きな声が出た。

が、イシュトヴァーンは、ムースが仰天して飛び上がったので、あわてて声をおさえた。

「心配するな、お前に怒ったんじゃない。ただ、とても興味があっただけだ。死んでいるように見えた、だと。その傭兵どもがか」

「はい。もちろん、でもそれはわたくしの錯覚だったのでございましょう。なぜなら、そのあと、残る半分くらいの、これは立っていた傭兵たちが、ひとりがひとりづつ、その横になっている傭兵をかかえおこしてそのう——口に息をふきこむようなしぐさをいたしました。あまりに奇妙だったのでわたくしはじっと見てしまいました。するとその……」

「死んでいるように見えた傭兵どもが、生き返ったというのか？」

「はい。でも、それで、わたくしは、きっとこれは何かの訓練だな、と思ったのでございますが……そのあと、妙にのろのろしながら、傭兵たちは整列いたしました。そのときにはもうすっかり、全員起きあがっていたのでございますが、なかにはどうしても起きあがらないものもひとりふたりいて、それはそのままに横たえられておりました。するとそのとき、どこからか『指揮官がきたぞ』『今度の指揮官がおいでになった』という声がきこえて——そして、なんというのでしょう、おそろしくうす汚れた、傭兵というより野盗か、それとも、野ぶせりのなれのはてみたいなきたならしい連中が、何人かの傭兵の隊長に連れられていくぶんおどおどしたようすでまわりを見回しながら入ってまいりまして……そうすると、傭兵たちがわらわらと動き出したのです。それをみていて私は、うっかりこんなところを見ていたことが知れたら何か、おそろしいわざわいがふりかかるんじゃないかととても恐しくなったので、何も見なかったことにしようと決めて、そっとそこを立ち去りました。——翌日、その河原を通りかかったときにはもちろんもう、傭兵の群れもいなければ——むろん、横たえられたままの傭兵が残されているということもなく、その野ぶせりもおらず——さらにおかしかったのは、あれだけの人数が集まっていれば多かれ少なかれ、そのあとが残りそうなものですが、草が踏み荒らされているようすも、何かものやごみが落ちているようすもまったくなく、河原はいつものとおりしずかなままでございましたので」

「ウーム」

イシュトヴァーンは非常に興味をひかれて、さらに身をのりだした。

「そやつらは、馬を持っていたのか」

「いいえ。馬は一頭もございませんでした。それもちょっと傭兵にしてはおかしな話だなと思いましたので、よく覚えております」

「どっちの方向へいったかとか、そういうのは見ていなかったのだな」

「陛下のお役にたつとわかっておりますれば、あえていのちの危険をおかしてもうちょっとでも偵察していたのでございますが」

ムースはややおもねるようにいった。

「あのときは、ひたすら仰天しておりましたし、いったいなにごとがおこったのかと恐ろしゅうございましたし……いのちあってのものだねとも思いましたので……もう、その野ぶせりが出てきたあたりで、ほうほうのていでそこからそーっとはなれてしまいました」

「きゃつらは、何か——どこか、ゆきさきとか、どこからきたとか、そういう手がかりになりそうなことを洩らしてはいなかったか。黒マントの魔道師が、年老いた魔道師がひとり、そのなかに混ざってはいなかったか」

「それは、残念ですが、記憶にございません。魔道師は確かにおりませんでした。それに、その傭兵どもは、そんなに大勢ですのに、確かに、ほとんどしゃべらなくて……それがとても異様な感じがいたしましたのです。かえってその、『こんなに大勢傭兵がいるのに、なぜこんなに喋らないのだろう』というのがとても印象に残っておりますので」

「なるほどな」

イシュトヴァーンは唸った。

「それはしかし、お前のおかげでずいぶんと助かったというべきかもしれん。何がどう助かったかはよくわからんがな。おい、マルコ、この男に、銀貨を五枚やれ」

「かしこまりました」

「ええッ。ご褒美が、いただけますので」

ムースは仰天して叫んだ。そしてあわてて、地面に平伏して、頭を地面にすりつけた。

「なんというご寛大なるおことばでございましょう。わ、わたくしは、ただちになぜご報告申し上げなかったか、と罰を受けるのではないかと恐れておりました。ご褒美まで、下さいますとは」

「とにかく、何ひとつ手がかりがないよりはマシだ」

イシュトヴァーンはまだ、ムースのことば、その見たという情景について考えあぐねながらなかば上の空でいった。

「もう、何も思い出せることはないか。特に、かれらが口にしていた何か地名だの、人の名だの——そういうものがちょっとでもあれば教えてくれ。そうしたらもう一枚銀貨をやるぞ」

「さ、さようで……ええと、ええと……」

もっと褒美をもらえるときいて、ムースの目が輝いた。ムースは必死で、頭がひっくりかえるほど考えこむようすであった。

それから、ややあって、大したことが思い出せなかったのが残念そうに口をひらいた。

「ほんとに、傭兵たちは何も口を開かず、泥人形みたいに押し黙っていたのでございますが……そのなかで、どこからか『指揮官がきたぞ』という声がきこえたときだけ、いくつかの声がきこえまして……そのなかの声のひとつで、たしかにこういうのが聞こえました。——『シュクの町からなら』という……」

「シュクの町からなら……」

「といっても、それだけで、前後は何もわかりませんでしたのです。これではとてもお役には立てないのではないかと……」

「この男に、銀貨を二枚やれ」

イシュトヴァーンは命じた。そして、ムースから引き出せることはすべて聞き出したと悟って、きびすをかえした。だが、そのおもては、もたらされたこの奇妙な情報をなんとか解釈しようとする思案に沈んでいた。

4

「シュクの町か……」

 ムースをひきとらせたあと、早速イシュトヴァーンは作戦会議にうつったが、作戦会議といっても、もともとが強烈なワンマン体制をしいているイシュトヴァーンのことである。隊長たちを集め、おのれの考えがまとまるまであれこれと皆にとりとめなく意見をきいて、あげくにおのれの考えたとおりに命令を下す、ということにしかすぎない。

それはもう、ゴーラ軍の隊長たちにはなれっこで、というよりもかれらはすっかりそのやりかたに慣らされてしまっていた。それはあるいは、いずれもっと異なる局面では非常に危険なことになるかもしれない方法でもあったが、いまのところは、イシュトヴァーンという、強烈きわまりないリーダーがしっかりとそうして頭をおさえていることによってだけ、ゴーラ軍という軍隊が成立しているようなものだったので、誰もあえてこの方法に異論をとなえようとは思わなかった。

それにそもそも、イシュトヴァーンが抜擢した各部隊の隊長というのは、おそろしく若かったので、そうやっていきなり大抜擢をうけた恩義もあったし、イシュトヴァーンをそれこそ軍神として崇拝していて、イシュトヴァーンに作戦の異をとなえようだの、批判しようだの、夢にも思わぬような連中ばかりだったのだ。ユラニアの有名な武将たちはみな、アルセイスの惨劇のおりに殺されていたし、そのあとの戦いでもかなりの年輩の武人たちが戦死していた。そして、残ったごくごく若いものたち、集まってきた傭兵たち、イシュトヴァーンのもとなら何か新しいことができるのではないか、出世できるのではないかと期待して集まってきたものたちにとっては、こうした、まだまったくきちんとした国家のていさいもととのえていないような若すぎる国家や軍隊こそが魅力的だったのだ。

イシュトヴァーンはちょっとでも気にいったものをどんどん隊長に登用して、何百人、ときに何千人の部隊をあずけていったが、そのなかでことにイシュトヴァーンがいま目をかけている、リー・ムーやヤン・インなどの大隊長は、ヤン・インがようやく二十三歳、リー・ムーにいたっては、まだ二十歳というおそろしいばかりの若さであった。それでも、スー・リンなど一部のやや年長のものをのぞいては、ゴーラ軍のなかでは、一番若いほうというわけでもなかったのである。イシュトヴァーンにひきつけられるのは、どうやら、十代、二十代はじめの、野望にみち、さだまった世の中を面白くないと考える不良少年たちが一番のようだった。

もっとも、その分、どんどんイシュトヴァーン自身の負担が重くなる、という結果があったのは、これはいたしかたないことと云わねばならなかったかもしれぬ。

「シュクは、もう、パロ国境をこえてるよな……」

考えこみながら、イシュトヴァーンはつぶやいた。目のまえには巨大な国境周辺の地図がひろげられている。

「このイレーンから、シュクまでのあいだには……ここがクム領キリア、ここがワルド城——リーラ川ぞいに下るのなら、ユノのほうが近いが、ユノは……また、クム領のガヤにけっこう近いな」

「シュクからクリスタルまでは、ものの一、二日の距離でございますね」

マルコは地図を熱心に眺めながらいった。そういう、うら若い軍勢のなかにあっては、マルコなどは、それこそ、かなりの年長者である。いつのまにか、イシュトヴァーンがことあるごとに頼るのもあって、マルコは、参謀というわけでもないが、ともかくひとりごとに返事してくれるあいての必要な癖のあるイシュトヴァーンの、相談役、といった感じになっている。

「だが、パロ国境をいったんこえてしまうといろいろとパロとのあいだに面倒ごとがおこりそうだな。それまでにこちらの気持なり体制なりが決まってないとな」

イシュトヴァーンはもらして、はからずも、まだ彼のなかで、パロに対してどのように対処するか、決然たる結論が出ているわけでもなくとにかく「時流に乗り遅れては」という一心でイシュタールを飛び出してきてしまった、その内心を明らかにしてしまった。

だが、集まっている若い隊長たちは、そこまで気がまわらなかったし、気づいたものがいたにしても、さほど不安になりもしなかった。みんな、国際情勢だの、大所高所だのというものとは、縁のない戦う機械みたいな連中ばかりだったのだ。

「いま、いくさが起こっているのはダーナムですね。この、イーラ湖の南端です。ここでいま現在、レムス軍とアルド・ナリス軍がぶつかっており、ナリス軍かなり不利だときいております」

「それもちょっと前の情報だろう。いま現在はどうなってるかは、いってみなけりゃわからんがな」

イシュトヴァーンは、地図を穴のあくほどじろじろとねめつけた。

「いずれにせよ、シュクは足場にするにゃ、悪くない場所だな。すぐにワルド山中に引き上げられる上、クリスタルにも近いし、といってエルファ、サラミスまわりでゆけばクリスタル圏内を通らずマルガにもゆける。どっちにころんでも、動きやすいだろう」

「ただ、問題は……」

マルコがいいかけて、口をつぐんだ。イシュトヴァーンはうなづいた。

「なんでもいい、いってみろ。俺には意見が必要なんだ」

「シュクはいまおっしゃったとおり、ワルドにあまりに近すぎます。……いま現在、ケイロニア王グインの軍勢は、ワルスタットにおり、そのうちの一部はワルド城をめざしているのではないかという知らせがちょっと前にありました。……グインがこののちどう動くつもりかわかりませんが、もしも、グイン軍がパロ国内への進出をはかるなら、当然、ワルド街道を通ってシュクへ出てくることになります」

「ウーム」

イシュトヴァーンは考えこんだ。

「それにまあ……シュクったって、あの助役のおっさんがただひとこと、シュクってことばがもらされるのをきいた、っていうだけにすぎん。——だがな、マルコ、ものは考えようだぞ。このまま、このあたりでうだうだしてたって、せっかく出てきたのにどうなるってもんじゃねえ。それに、もしもグイン軍とぶつかるなら……俺はべつだん、グインと、というかケイロニアと戦争してるわけじゃねえんだからよ」

「それは……そうですが……」

「もともとはグインとはダチなんだからさ」

イシュトヴァーンは、やや獰猛にいった。そう言い切るためには、イシュトヴァーンのなかにやや複雑なものがあったのだが、いまの場合はあえてそう言い切らないわけにはゆかなかった。

「そうだろう。俺は前にユラニア攻めでは、そのグインと組んで戦いさえしたんだぜ！　そのあとグインはなんだかキタイかどっかへいっちまったがな。だから、グインは盟友でこそあれ、敵じゃねえ。だから、むしろシュクなりワルドの南なりで会ったら、よう、相棒、元気にしてたか、って旧交をあたためりゃあ、それですんじゃうことじゃねえか」

「そ、それはまあ」

「な、大丈夫だろう。だからグイン軍のことは心配するなってことだ」

イシュトヴァーンは、おのれでもやや自信はなかったが、語気を強めて言い切った。

「まあ、どちらにせよこうしていてもしかたがねえ。よし、結論だ。イレーンは、あすまで滞在し、そのあいだに食料、武器、もろもろ必要物資を補給するものはさせろ。その金はくれてやれ。このあとがまた、行軍になるからな。そしてあさっての朝、イレーンをたつ。目的地はシュク――シュク方面、だな。まあなるべく、ワルド周辺にもキリア周辺にもよりすぎねえよう、自由国境のまんなかを下っていって、シュクとユノのまんなかあたりで国境をこえ、ちょっとようすを見る。そして……一気に……」

「おおっ」

若い隊長たちは、何かを感じてイシュトヴァーンを見上げた。かれらの目にうつるゴーラ王は、いまだかれらと十歳とははなれておらぬ若さで、おのれの力ひとつでゴーラに君臨するを得た、激しく、まばゆい炎にいつもつつまれているかのような理想の軍神、英雄であった。彼についてゆけば、これまでの面白くもない日常がかわる――じじいどもばかりが偉いこの世界をひっくりかえし、若くて力のあるものがすべてをつかみとれる世界がやってくる。そう信じて、イシュトヴァーンの凶暴さにも、残酷さにも、荒々しさにも、おそれるどころかむしろ共感して従ってきているあらくれた連中である。イシュトヴァーンは、ふしぎと、おのれの周辺にそうしたあらくれた不良少年たち、若者たちをかきあつめることには妙を得ていた。

「一気に――?」

いまやこの軍隊のお目付役といったかっこうになっているマルコのほうは、それほど楽観できない。いくぶん不安そうに、またこのひとは何をたくらんでいるのだろう、という顔つきでイシュトヴァーンを見つめる。イシュトヴァーンはニヤリと笑っただけで、一気にどうするつもりだとも云わなかった。

予定どおり、かれらはイレーンに投宿し、イシュトヴァーンは充分な金子を持ってこさせていたので、それを全員に支給して、必要な物資を補給するようにさせた。イレーンの市長たちは、ゴーラの軍勢が二日でいってしまうこともわかったし、しかも金をおとしていってくれる、ということも明らかになったので、非常にむしろ喜んでいて、司令官たちの宿泊には、市の最高の邸宅を提供し、ありとあらゆる便宜をはかろうと申し出た。イシュトヴァーンは喜んでそれをうけ、あらためて、掠奪暴行の禁止と、きちんと買い物に金を払うことを徹底するようおのれの軍勢に言いつけた。三万の軍勢も、それだけの数のならず者の傭兵が集まっているのではなく、そうしてちゃんと上から命令をうけ、金をもらっている連中なら、こうした自由都市にとってはきわめて貴重な、めったにない上客にかわる。イレーンの町なかはたちまち、ゴーラの軍服すがたでにぎわい、町の店々は活気にあふれた。このあとはイレーンほど大きな都市はシュク、ユノのあたりまでゆくまでなくなる。イレーン自身もさほど大きくもないとはいえ、三万の軍勢が物資の補給をし、たらふく食い、ゆっくり手足をのばして休んで英気を養うとなると、このあとは適当な町も見あたらなかった。イレーンの町はゴーラ兵でふくれあがり、町びとたちは、ゴーラ兵が泊まっているいくつもの宿――いかにイレーンが交易の町で、普通よりかなり旅行者むけの施設は多くても、商売でしている宿だけではどうにも足りるわけもなかったので、市長のはからいで、市のもろもろの建物がみな提供されていたのだが――のまわりには、にわか商人とかわったイレーンの人々が、さまざまな携行食糧や行軍に必要と思われる薬、雑貨、新しい靴や靴下、マントや馬のかいば、馬具や布団、毛布などを持っておしかけた。むろんこうした軍隊あいての商売につきものの商売女たちもその点ではぬけめなく商売をしにやってきた。最初はイレーンの人々は、勇猛だが野蛮なゴーラの軍勢、ということで非常に恐れていたが、イシュトヴァーンの対応や保証もあり、どうやらかなりきちんと訓練された、統制のとれた軍隊だとわかってぐっと友好的になっていた。

イレーンの滞在は、さしたる不祥事もなく無事にすんだ。そして、イシュトヴァーンは予定どおり、二日後の朝にイレーンをあとにしてさらに南下を続けることになったが、この軍隊がよほど金をおとしたとみえて、その出発には、イレーンの老若男女が見送りにおしかけてにわかづくりのゴーラの旗をふり、なかにはつかのまの馴染みとなった相手の出発を惜しんでさめざめと泣いている女までいるほどだった。

いずれにもせよ、タルーの謎の軍隊についてはさしたる収穫はなかったにしても、どのみち通る道筋であったたし、イシュトヴァーンにとっては、イレーン滞在は不愉快なものではなかった。そのあいだはイシュトヴァーンもいたっておとなしかったし、酔いつぶれはしたがさほど泥酔して無法をはたらくこともなかった。どちらにせよ行軍に出てから、イシュトヴァーンのようすはかなり明るくなり、もとの——赤い街道の盗賊時代のようすがもどってきていたのである。そうした行軍の毎日が、戦場かせぎから海賊へ、海賊から傭兵へ——そして傭兵から赤い街道の盗賊となったイシュトヴァーンにとっては、もっとも性にあってもいれば、よく馴染んでいるものでもあったせいもあろう。恋しいイシュタールをはなれて長いことたっていることにも、あまり文句はいわなかったし、食べ物や飲み物や待遇についても無茶をいわない。行軍のあいだのイシュトヴァーンは、側近たちにとっては、決して悪い王ではなかった。

やがて、イレーンから街道を南へ下ってゆくと、道はしだいにまた山地に入ってくる。どちらにせよ、南下する街道ぞいの右側はずっと東ワルドの山脈がつづき、それが屏風のように、ケイロニア領内と自由国境をへだてている。クムにむかう左側のほうは、平野がひろがり、天気がよければ遠いオロイ湖、カムイ湖周辺の湖水地帯の青く光る水までも見渡せるほどだ。道は東ワルド山塊の裾野をぬうようにしてつづき、それから、ムイ、リーランあたりで南ワルド山塊の山々に入ってくる。

「また、山道か」

イシュトヴァーンは、馬の首をたたいてねぎらってやりながら、思わず不平をもらした。ケイロニアを天然の要害としているのは、この、敵国とのあいだをへだてている頑丈な、神の築きたもうた城壁ともいうべきワルド山地と、サンガラ山地である。

南ワルド山地は、もっとも高く険阻な山々が続いている西ワルド山地に比べれば、ずいぶんと、なだらかでさえある低い山が多い。だが、それでも、充分にケイロニアとパロのあいだの交通を簡単にしすぎない要衝の役割ははたしている。山々はケイロニアとパロのあいだの自由国境地帯を埋め尽くすようにひろがっている。このあたりの自由国境には、山のなかにひっそりとかくれ住んでいる、あのナラ村よりももっと小さなひそやかな集落はあるかもしれないが、町とよべるような大きなものはひとつもない。東ワルド山脈と南ワルド山脈がとけあうあたりにひっそりとはりついているような、ムイの集落、リーラ川にそい、クム領のほうにぐっと近いリーラン以外は、ほんとうに小さな集落しかないのだ。

ムイの手前でさらに一泊し――これは野営であった――それから、いよいよパロ圏内に近づいてくる、という緊張が軍中にみなぎった。いま内乱の危機にあえぐパロであってみれば、国境警備のほうはそこまで厳戒態勢をとっているかどうかはわからぬし、また、逆に内乱ゆえに非常にきびしく外国の軍勢には警戒しているかもしれない。だが、いずれにせよ。パロ国境をこえる段階で、もうひきかえせないあらたな局面にかれらは乗りこむことになるのだ。そのことも、ゴーラ軍には感じられている。

敵は、レムス軍となるのか、それともナリス軍となるのか――このあと、自分たちはどのように戦ってゆくことになるのか。

すでに、兵士たちのほうは、タルーの奇襲のことなどきれいさっぱり忘れはててしまって、目先の、これからの展開に気をとられていただろう。イシュトヴァーンのほうは、そこまで忘れるわけにはゆかぬ。たえずタルーのあやしい襲撃と、さらにいっそうあやしいその背景の謎のほうは心のなかにある。

が、それもとりあえず、シュクに手がかりがあるものかないものか、いってみなくて

はわからぬ、という状態になっていた。イレーンでも、一応いろいろと密偵をはなって
あれこれの方面に探索させてみたが、市長も助役たちも偽りをいっていたという証拠は
まったくなかったし、あらたな手がかりが何かつけ加わるということもなかった。ムー
スの証言はこうなってくると貴重な偶然で手にはいったものといわねばならなかった。
（まあいい。――シュクに入れば、ちっとは……何かがわかるだろう）
イシュトヴァーンは、おのれの軍隊のなかに、塩づけにさせたタルーの生首を運ばせ
ている。
胴体のほうはうちすてた。首はいずれ、クムのタリク大公に、ひきとる気持があるか
どうか交渉し、その答えを得るまでは手元に持って歩かなくてはならぬ。それはあまり
気持のいいものではなく、それを運んでいる兵士たちのほうはかなりイヤな気分だろう
が、やむをえない。
（手間をかけさせやがって……）
死人のような兵士たち――それがよみがえり、息をふきこまれて動き出す――その、
ムースが目撃したという光景は、イシュトヴァーンには、あまり愉快でもない、想像し
たくもないものを連想させる。このいくさがはじまってから、パロでしきりとうわささ
れていたという、「死者たちの軍勢」だ。パロでは箝口令をしいているらしいが、そう
したうわさは商人だの吟遊詩人だの、なんらかの口からしょせんもれてしまうもの、パ

ロでは、死人がよみがえって兵士たちをひきいて戦ったりする怪異がおきているらしい、というひそやかなうわさが、兵士たちのあいだにも流れている。

（だとしたら……それが、なんかの魔道師どもの小癪な手妻なんだとしたら……）

自分をサンガラの山中で襲ってきたのは、その、魔道師があやつるまぼろしの軍勢だろうか。そしてタルーは、その傀儡にされたのだろうか。

（だが、俺には、魔道師なんてものを敵にまわす覚えはねえぞ……どこのどいつだ、俺に対してそんな……死人の軍勢なんかを作り上げてまで襲いかかってこようなんて気をおこすやつは……なぜだ……）

馬にゆられ、しだいにのぼり坂となっている山道をゆきながら、イシュトヴァーンは一心に、ずっとそのことを考えつめている。

が、もともとそれほど考えるたねがないだけに、考えは堂々巡りをし、すぐにあらぬ方向にそれてゆく。ただひとつ確実なのは、自分には、どうやら予期していなかった方向から自分の足を引っ張ろうとしているらしい、魔道師だかなんだかの敵がいる、ということだ。

（くそ……）

なんだって、おのれのやることなすことを邪魔しようとするやからが必ず出てくるのだ、とイシュトヴァーンが荒々しく、馬上で歯がみをしたときだった。

「わあーっ！」

ふいに、先陣の先のほうでおこった悲鳴が、イシュトヴァーンをはっと我にかえらせた。

「どうしたッ！」

たちまち手綱をひいて、停止の命令を出そうとふりかえったイシュトヴァーンのところに、ころがるようにして、伝令が先陣のほうからかけつけてきた。

「陛下！　かなりの大軍が山かげからいきなりあらわれました！　こちらにむかってきます！」

「かなりの大軍だと」

イシュトヴァーンの血相がかわった。

いままさに思っていたことだけに、再度の、かの幻の軍勢の襲撃か、とかっとなった。

「紋章はあるか！　旗は、さしものは！」

「ございません。紋章も、旗もございません。おそらくその数一万ほど、よく訓練された職業軍人の軍隊のように見受けられます。こちらに気づいているかどうかは、まだ……」

「応戦用意」

　イシュトヴァーンは怒鳴った。

「紋章がなければ、またあのタルーの奇襲の二番煎じかもしれん。よし、全軍停止だ。リー・ムーを呼べ。リー・ムー、いるか」

「はいッ、陛下！」

「二千をひきいて、先陣にかわれ！　応戦準備をととのえ、弓兵隊を先頭に出し、あちらから攻撃してきたら即刻矢をいかけさせろ！　あちらから攻撃のきざしがありしだい、ただちに、第四陣形をとり散開！」

「心得ました！」

　みるみる、うら若いリー・ムーのおもてが紅潮した。そのまま、伝令をしたがえて走り出てゆく。

「この山中で一万となると、このあいだよりかなり多めだ。分断されると、苦戦になるかもしれん」

　イシュトヴァーンはおもてをけわしくして叫んだ。

「マルコ、俺のかぶとをとってくれ。俺がじきじきに相手のお手なみをみてやる。親衛隊とルアー騎士団で三千、戦闘準備にかかれ。後詰はヤン・インだな。分断されて、うしろを伏兵につかれぬよう、全体で本隊に距離をつめろと指令を出せ。今度もしまた、あの幻の軍勢だかなんだかが奇襲をかましてきたんなら、こんどこそ、どこのじじいだか知らんが、それをあやつってる黒幕をルアーに誓ってひっとらえてやる!」

あとがき

栗本薫です。「グイン・サーガ」、おかげさまで巻数をかさね、ついに八十巻に到達しました。「グイン・サーガ」第八十巻「ヤーンの翼」をお届けします。

二十年前に公約した全百巻もどうやらあと二十巻で終わらないことは確定してしまったようですが、ともあれその百巻までにあと二十冊を残すのみとなりました。それはたぶんよほどのことがないかぎり、あと最大限五年のうちには到達するだろうと思います。早ければあと三年強でそうなるでしょう。まあ運命が許せば、ということはいっておかなくてはなりませんが。あすありと思う心のあだざくら、という歌もあることですし。

この夏はどうも異常な暑さのようです。それとも私が年齢をかさねてきて暑さにだんだん弱くなってきているのかもしれませんが、ともあれ梅雨がわりと短く終わって、おそろしく暑い夏が訪れているような気配がします。それもまた、地球の変貌かもしれないし、運命かもしれません。あるいはまた、クーラーの排出する熱が日本全体をこんなに暑くしてしまっているのだとすれば、それは我々自身がもたらしていることでもあるでしょう。あるいはその両方ということもあるかもしれません。いずれにせよ、我々人類というものは地球とともにあるのであり、母なる大地が変われば私たちもまた変わってゆく、ということなのでしょう。それに私自身もどんどん変わってゆきます。変わらぬものなど存在しないと思います。そのなかで二十二年、八十巻を重ねてきました。それもまた、あるひとつの運命だったのだと思います。

そのむかし、文字の読み書きを覚えるよりも早く、物語を語ろうとまわらぬ舌で語っていた一人の幼い子供がいました。そうしたものは、血筋も環境もかかわりなく、あたかもヤーンの導きによるようにして確かに歴史のあちこちにどうしようもなく存在してしまうようです。アガサ・クリスティーの伝記にも、まわらぬ舌で物語を語ってきかせようとする二歳の赤児の話が出てきていました。

そのあと長い年月が流れ、さまざまなことを経て、その子供はなお物語を語っています。云いたいことを口にできぬという激しい怒りや反発や、悪意への強い敵意をこえて、それでもただ私は語ります。そのことを誰も私から取り上げることはできないし、誰も私であることはできない。物語は続いてゆきます。それを誰が認めようと、認めまいと。物語は続いてゆきます。もうあと少ししたら、その事実、神聖なその事実そのものが私をなだめ、癒してくれると思います。それまでは、私はおのれ自身をそっとしておいてやろうと思っています。これまでたくさんのあとがきで私はおのれの感じたことを感じたままに語ってきましたが、いまは、そうしようとするとうかんでくるたくさんのやくたいもない悪意が、私がたくさんの愛してくれる人々に感じたことを感じたままに語るのをさまたげます。たぶん私はその悪意が悪意であることに疲れているのだと思います。悪意が存在すること。そしてそれが増幅されてくる波動によって。

だが、そうであればあるほど本当はいまこそ物語が世界には必要なのだと思います。いま物語さえも悪意のなかに見失われることになったら、世界はただ悪意だけが力をもち、優しさもひとに語ることも意味のない暗黒の場所になってしまうでしょう。私の好きなシャンソンに「愛しかない時」という曲があります。高橋クミコさんや花木佐千子さんが歌っています。寒いとき、愛する人に着せてあげるのにうすい外套しかないとき。敵の銃口の前に立ちはだかるのに、武器が愛しかないとき。両手をひろげ、声をあげて、歌を歌い、愛を歌う、というこの歌を昔はあまりにも感傷的だと思っていたものですが、最近の私にとってはこの歌はベストソングのように思われています。もっとも私にとってはそれは愛ではない、おそらく「歌しかない時」というのが、本当の正解であるような気がしますが。そういえば私はかつて「ペンギン！」というミュージカルでそういう物語を作った気がします。

何もかもが夢の内です。そのセリフも何回、ミュージカルのなかで、書いてきた無数の小説のなかで、書いてきたことかわかりませんが。すべては夢、夢の内。いまは本当は何も告げたくない、だが本当はそういうときこそ歌わなくてはいけないのでしょうね。待っている人を信じて、待っている人のために。

すでに八十一巻は完成しています。まもなく私は八十二巻にかかります。ただ、時がひとびとの目にひとつの真実を提示してくれるときがくるのを信じて。いまは、ただ、歌います。しずかな森の中で。いつか夢の中できこえてきたうたを、いまも私だけがきいているあの歌を。それをこの世にもたらせるのは私ひとりなのですから。

恒例の読者プレゼントは、西井照子様、山崎高史様、山崎美子様……以上三名の方です。

二〇〇一年七月九日

神楽坂倶楽部 URL
http://homepage 2.nifty.com/kaguraclub/

天狼星通信オンライン URL
http://member.nifty.ne.jp/tenro_tomokai/

栗本薫の作品

心《しん》中《じゅう》天《てんの》浦《うら》島《しま》

テオは17歳、アリスは5歳。異様な状況がもたらす悲恋の物語を描いた表題作他六篇収録

セイレーン

歌と美貌で人々を狂気に駆りたてる歌手。未来へと続く魔女伝説を描く表題作他一篇収録

滅びの風

平和で幸福な生活。そこにいつのまにか忍びよる「静かな滅び」を描く表題作他四篇収録

さらしなにっき

他愛ない想い出話だったはずが……少年時代の記憶に潜む恐怖を描いた表題作他七篇収録

栗本薫の作品

ゲルニカ1984年

「戦争はもうはじまっている！」おそるべき感性で、隠された恐怖を描き出した問題長篇

レダ〔Ⅰ〕

ファー・イースト30。すべての人間が尊重される理想社会で、少年イヴはレダに出会った

レダ〔Ⅱ〕

完全であるはずの理想社会のシティ・システムだが、少しずつその矛盾を露呈しはじめる

レダ〔Ⅲ〕

イヴは自己に目覚め、歩きはじめる。少年の成長と人類のあり方を描いた未来ＳＦ問題作

谷　甲州／航空宇宙軍史

惑星CB-8越冬隊

惑星CB-8を救うべく、越冬隊は厳寒の大氷原を行く困難な旅に出る——本格冒険SF

仮装巡洋艦バシリスク

強大な戦力を誇る航空宇宙軍と外惑星反乱軍との熾烈な戦いを描く、人類の壮大な宇宙史

星の墓標

戦闘艦の制御装置に使われた人間やシャチの脳。彼らの怒りは、戦後四十年の今も……。

カリスト—開戦前夜—

二一世紀末、外惑星諸国は軍事同盟を締結した。今こそ独立を賭して地球と戦うべきか？

火星鉄道一九《マーシャン・レイルロード》

二一世紀末、外惑星連合はついに地球に宣戦布告した。星雲賞受賞の表題作他全七篇収録

谷　甲州／航空宇宙軍史

エリヌス　―戒厳令―

外惑星連合軍SPAは、天王星系エリヌスでクーデターを企てる。辺境攻防戦の行方は？

タナトス戦闘団

外惑星連合と地球の緊張高まるなか、連合軍は奇襲作戦のためスパイを月に送りこんだ。

巡洋艦《クルーザー》サラマンダー

外惑星連合が誇る唯一の正規巡洋艦サラマンダーと航空宇宙軍の熾烈な戦い。四篇収録。

最後の戦闘航海

外惑星連合と航空宇宙軍の闘いがついに終結。掃海艇に宇宙機雷処分の命が下されるが……。

終わりなき索敵　上下

第一次外惑星動乱終結から十一年後の異変を描く、航空宇宙軍史を集大成する一大巨篇！

著者略歴　早稲田大学文学部卒
作家　著書『さらしなにっき』
『あなたとワルツを踊りたい』『ルノリアの奇跡』『ルアーの角笛』
（以上早川書房刊）他多数

HM = Hayakawa Mystery
SF = Science Fiction
JA = Japanese Author
NV = Novel
NF = Nonfiction
FT = Fantasy

グイン・サーガ⑧⓪

ヤーンの翼《つばさ》

〈JA671〉

二〇〇一年八月　十　日　印刷
二〇〇一年八月十五日　発行

（定価はカバーに表示してあります）

著　者　栗《くり》本《もと》　薫《かおる》
発行者　早　川　　浩
印刷者　大　柴　正　明
発行所　株式会社　早　川　書　房

郵便番号　一〇一 - 〇〇四六
東京都千代田区神田多町二ノ二
電話　〇三-三二五二-三一一一（大代表）
振替　〇〇一六〇-三-四七七九九
http://www.hayakawa-online.co.jp

乱丁・落丁本は小社制作部宛お送り下さい。
送料小社負担にてお取りかえいたします。

印刷・株式会社亨有堂印刷所　製本・大口製本印刷株式会社

ISBN4-15-030671-0 C0193